あくまでも探偵は

如月新一

講談社
タイガ

目次

カバーイラスト――青藤スイ
カバーデザイン――川谷康久（川谷デザイン）

あくまでも探偵は

クビキリ動物

1

「殴られたことはあるか？」

十六年間の人生を回想しながら、僕は答える。

「ない」

親から打《ぶ》たれたことも、先生から体罰を受けたこともない。もちろん、人を殴ったことだってない。

「まずは痛みを知っておけ」

そう言われ、右の頬《ほお》を殴られた。閃光《せんこう》が弾《はじ》ける。口の中が切れ、鉄に似たしょっぱい血の味が広がった。

「今日、自分が死ぬかもしれないと思うんだ」

僕はこれからここで、他人の家で、この鋭い目をした同級生に殺されるのか？　一体どうしてこうなってしまったのか。僕はただ、困っている人のために犬を探していただけなのに。それがクビキリの調査になり、命が脅かされている。いつの間にか、死がすっと現れて肩を並べていた。

混乱し、言葉をつかんで投げる。

「……は、悪い奴《やつ》なのか？」

口の中が切れているから、呂律《ろれつ》が回らず、ちゃんと喋《しゃべ》れない。

彼は下らない質問をされた、と言わんばかりに鼻で笑った。

森巣《もりす》、君は、良《い》い奴なのか？　悪い奴なのか？

2

僕は必死に犬を探していた。

「すいません、すいません」

校門のそばに立ち、下校する生徒たちに声をかけながら紙を差し出していく。

『名前：マリン　犬種：ミニチュアブルテリア　二歳　メス
似ている犬を見かけたら、2－1瀬川潔子《せがわきよこ》までご連絡ください』

僕が探しているのは、散歩中にいなくなってしまった同級生の犬だ。写真の白い犬は、行儀良くお座りをしていて可愛らしいが、微笑ましさよりも焦りが込み上げてきた。早く助けなければ。

チラシ配り、同じ学校の生徒相手とは言え、知らない人に話しかけるのは緊張する。犬探しという名目はあるが、不審な目を向けられたり邪険にされたら、自分は役立たずだな、と思い知らされているようで、傷つかないといえば嘘になる。だが、僕が傷つくことなんかよりも、大事なことがある。天秤《てんびん》の片方に不安や無力感があっても、揺るぎはない。

僕は、困っている人を放っておくことができない。

したくないではなく、できない、そういう性分なのだ。

この犬と困っている瀬川さんのためならば、と一歩前へ足を動かす。不幸中の幸いは、今が四月末なので部活動の勧誘かと勘違いし、新入生が一応興味を示してくれるところだった。

「すいません、ちょっといいですか?」

「何これ?」「迷子の犬だって」「ふーん、可愛《かわい》いじゃん」

好意的な反応に嬉しくなる。帰っていく一年生女子グループの背中を見ながら、犬を見かけてくれますように、連絡をくれますようにと祈った。

視界の隅《すみ》に別の生徒が見え、勢いに任せて「すいません」と反射的に紙を差し出す。

「痛っ」

「ごめんなさい！」

慌てて謝るが返事はなく、細い眉毛《まゆげ》の男子が手を突き出してきた。

「慰謝料くれよ、慰謝料」

襟章の学年カラーから三年生、上級生だとわかる。

手をぶつけてしまった細眉の先輩は、不機嫌そうに顔をしかめていた。彼の隣に立つもう一人は、脱色をしているのか明るい茶髪をしている。人を見かけで判断するのは良くないけど、二人からは柄《がら》の悪い気配が漂っていた。

「ほら、慰謝料だよ、慰謝料」

覚えたての言葉を反復する子供のように、細眉の先輩は「慰謝料」と繰り返して手のひらを向けてくる。

年下相手だから、僕を気軽にからかっているだけなのだろうか。本気で言っているとは思えないけど、悪いのは僕だ。なんとか切り抜けられないかと、もう一度丁寧に頭を下げる。

「そういうのはいいんだよ、ほら、ジャンプしてみろよ」と細眉が口を尖らせ、

「古いっつうの。下級生ビビってるじゃんか」と茶髪がたしなめてくれた。「で、君は何

してるわけ？」

やはり冗談か。ほっとしつつ、「実は、犬を探してるんです」とチラシを差し出す。

茶髪がニコニコ笑いながら、「手伝ってやるから貸しな」と言って、僕の手からチラシの束《たば》を全部取り上げた。

「そこまでしてくれなくてもいいですよ」そう言おうとした瞬間、茶髪が大きく両腕を広げた。

捕らわれていた鳥を解放するような仕草《しぐさ》だったが、チラシは足元にばさばさと落下していく。

「おしまーい。お疲れしたー」

茶髪が快活な笑い声をあげた。

何が起きたかわからない。が、少しずつ状況を理解し、胸の内側から暗い色をした感情が溢《あふ》れ出《で》てくる。

「ほら、手伝ったんだからお礼くらい言ってくれよ」

茶髪は悪びれる様子もなく、白い歯を覗《のぞ》かせていた。

弄《もてあそ》ばれたことに、腹が立った。唇《くちびる》を強く結び、茶髪を睨《にら》む。

「何？　その顔。なんか文句あんの？」

文句はあるし、ばら撒《ま》いたチラシをちゃんと拾わせ、謝罪してもらいたい。

が、僕の口は動かなかった。

どうしてこんな思いをしないといけないのか、と天秤の片方にずしんと重りが乗るが、それでも、気持ちは揺るがない。

もめている場合ではない。困っている人を助けなければ。犬探しに戻ろうと自分に言い聞かせる。溜《た》め息《いき》が漏れそうになるが、今度はその溜め息に因縁《いんねん》をつけられそうな気がして、ぐっと飲み込んだ。

屈《かが》み、散らばっているチラシをかき集める。

「先輩なのに、酷《ひど》いことするなあ」

僕が思っていることだ。だけど、僕の声じゃない。

では誰の声か?

顔を上げると、隣にすらっとした男子生徒が立っていた。

3

思わず息を呑《の》んだ。

まず、彼の白と黒が印象的だった。傷やにきび跡の一つもない白い肌、それとは対照的な濡《ぬ》れ羽色《ばいろ》をした柔らかそうな髪をしている。視線がぶつかる。

切れ長の二重瞼《ふたえまぶた》の瞳《ひとみ》からは、芯《しん》の強い冷たさと、安堵《あんど》したくなるような優しさを感じた。中性的な顔立ちだけど、精悍《せいかん》な男らしさがある。イケメンと言うには言葉が安い。男の僕でもはっとするくらい、整った顔立ちをしていた。

「大丈夫？ じゃないよね。見てたから」

僕は「ああ」とか「うん」とか曖昧《あいまい》な言葉を返す。クラスは違うけど、同級生たちが彼について話しているのをよく耳にしていたので、芸能人に話しかけられたような、そんな当惑を覚えた。

これが僕と森巣良《もりすりょう》との出会いだった。

「なんだよ、お友達か？」

「いや、彼とは初対面ですけど」

「じゃあ、正義の味方気取りってわけかよ」

「悪いことしてる自覚はあるわけですね」

森巣が爽《さわ》やかな表情のまま、毅然《きぜん》と返した。茶髪の表情がカチンと音を立てるように固まり、体を揺らしながら詰め寄って行く。

「何？ 馬鹿にしてんの？」

「馬鹿にはしてませんよ。ただ、馬鹿みたいだなとは思いましたけどね」

「死にてえの？」

茶髪が森巣の胸倉をつかみ上げた。

森巣のほうがやや背が高く、動じた様子がない。胸倉をつかまれたことで、見下しているようにも見えた。

「先輩、俺のことを殴るんですか？」

森巣が、素朴な質問をするような口調で訊《たず》ねる。

「それはお前の態度次第だっつうの」

「殴ったら、俺はその足で職員室に行きますよ。それで、校内で暴力行為があったと先生に報告します。生徒手帳に書いてありますからね。『暴力行為はことのいかんを問わず禁ず』って」

「せんせぇ、せんぱいに殴られましたよおって泣きつくわけか」

「別に泣きはしませんけど、退学項目には『暴力行為を働いたと認められる者』ともあります。先輩はこれで退学になりますね」

怯《ひる》むことのない森巣の言動には眩《まぶ》しさを覚える。僕はあんな風に堂々と先輩相手に言い返すことができなかった。

「格好つけて、チクりますって言いたいわけかよ」

細眉と茶髪が顔を見合わせた。お利口さんだな、とせせら笑っているようだ。模範的な生徒は害がない、と判断しているのだろう。

僕も何か行動をしなければと焦り、その手を離してくれませんか、と言いかけた時、森巣が声を発した。

「で、一分以上経《た》ちますけど、どうするんですか？」

「どうする、はこっちの台詞だっつうの。お前、どうすんの？　謝んの？」

「質問をしてるのは俺ですよ」

瞬間、空気がぴりりと張り詰め、産毛《うぶげ》が逆立《さかだ》つのを感じた。森巣が苛立《いらだ》った？　と顔色を窺う。笑顔を崩していないが、目だけは笑っていなかった。

「俺はチクったって思われてもいいし、先輩たちが退学した後にやり返しに来てもいいとも思ってます。で、先輩のほうはどうなんですか？　退学するのかしないのか、教えてくださいよ」

胸倉をつかまれているのは森巣だ。

なのに彼の表情は変わらない。

細眉と茶髪のほうは、森巣の口から出た「退学」という言葉に搦《から》め取《と》られているようだった。殴れば退学、と二人が理解していくのが見て取れる。脅されているのがどっちなのか、わからなくなってくる。

森巣の言動は正しい。

だけど、それだけじゃまずい。

「すいません！」

三人の視線が一斉に集まる。

「あの、もともと悪いのは僕だし、あの、その、もう」

茶髪が面白くなさそうに舌打ちをし、森巣を突き飛ばした。二人はそのまま、振り返ることなく、校門の外へと向かっていく。

「もう少し、だったんだけどな」

森巣が冷ややかな口調でそう呟《つぶや》いた。

もう少しで、なんだったのだろうか。もう少しで殴られていた？　それとも。

「なんてね」と笑顔を向けられた。

まさか本気で退学させようと？　なんて考え始めていたので、森巣の冗談に気が緩《ゆる》む。

「ごめんね、助かったよ」

「助かったのはこっちだよ。あのまま殴られるところだった」

森巣が自分の肩を抱き、「怖い怖い」と口にしているけど、とてもそんな風には見えなかった。

上級生たちと入れ替わりに、男女四人が集まって来た。どうやら彼の同級生らしい。

「どうしたの？」「何があったの？」と案じる彼らを森巣がなだめる。

「そういえば、君はなんであいつらに絡まれてたの？」

訊ねられ、「実は犬を探してて」とチラシを森巣に手渡した。

「瀬川の犬か」

「森巣君も瀬川さんのこと知ってるの？」

「瀬川は去年クラスの委員長だったから……あれ、俺、自己紹介したっけ？」

「有名だよ。噂《うわさ》も聞いてる」

「噂？」

「ええっと、少女漫画に出てきそうだとか。クラスの女子が話してたのを」説明をすると、「何その噂」と森巣が愉快そうに笑った。

彼が少女漫画に出てくるなら、ヒロインを救う王子様みたいな役だろう。彼の友人たちも、「なんかわかるかも」と囁《ささや》き合っている。

「じゃあ俺も犬を見かけたら瀬川に連絡するよ」

「ああ、うん。そうしてもらえると助かる。殺される前に見つけたいんだ」

「殺される？」

森巣が怪訝《けげん》な顔をした。

不穏な言葉がぽろりと口からこぼれてしまい、取《と》り繕《つくろ》うように作り笑いを浮かべてみたが、森巣はじっと僕を見つめていた。

脅されているわけではない、だけど早く話したほうがいい、そう感じさせる不思議な眼差《まなざ》しだった。

「実は、〝クビキリ〟の犯人を見たんだ。それで——」

『二年一組の平優介《たいらゆうすけ》、二年一組の平優介、校内に残っていたら第二職員室まで来るように』

校内放送が響く。しばらく宙を眺《なが》めながら耳を傾けた後、僕は肩をすくめた。

「ごめん、呼ばれたから行かなくちゃ」

4

「見て見ぬふりができなかったんですよ」

柳井《やない》先生はまだ二十代だから歳《とし》も近いし、くだけた口調で世間話や冗談も言うので人気がある。だから、理解し、応援してくれるのではないかと期待してしまう。

「助けてあげると言ってやりたいけどさあ、ちょっと、まずいなあ」

柳井先生は眉をひそめ、難色を示しているのが明らかだった。

「学校でこういうのはちょっと、なあ……ダメなんだよ」

「どうしてもですか?」

僕は瀬川さんの犬を探すため、校内の掲示板にチラシを貼《は》って回った。どうやら、それがまずいことだったようだ。

職員室に呼び出されるのは初めてだ。僕の他《ほか》にお説教をされている生徒はいないし、なんだか自分がとんでもないことをしてしまったような気がしてきた。

「学校は勉強する場所だからさ。学校の掲示板にこういう関係のないものを貼られるのを、先生も見て見ぬふりはできないんだよ」

「この犬を見て同じことを言えますか?」と恨めしげにチラシを向ける。

「可愛いのは知ってるよ。ご近所だからさ、散歩中に見かけた時は撫《な》でたりもしてるんだ」

「だったら、大目に見てもらえませんか。この犬と瀬川さんのために」

瀬川さんは、クラスの委員長を務めていて、困ったことがあったら気軽に話しかけてね、と言わんばかりの優しい雰囲気をいつも身に纏《まと》っている。が、二日前の月曜日からどこか思いつめたような顔をし、同級生と談笑をしていてもどこか上の空に見え、それがとても気になった。

困っている人を放ってはおけない。

別に、自分の力を誇示したいとか、感謝をされたいというわけではない。むしろ、力不足だった、と自分の無力さに落胆することのほうが多い。妹から「困っている人の所為《せい》で、兄が一番困っているよね」としみじみ言われている。その通りかもしれない。それでも、後から「あの時に声をかけておけば、何かできたのではないか?」という後悔に飲まれるよりはましだ。

というわけで見て見ぬふりができず、瀬川さんに、「何かあったの?」と声をかけ、飼っている犬が散歩中にいなくなってしまったのだと教わった。

「で、瀬川は?」

「町の掲示板に貼る許可を取りに行ってます」

「学校での許可も、事前に取ってもらいたかったなあ。他の先生に見つかってたら反省文だったぞ。見つけたのが俺で、注意だけで済んでラッキーだと思って諦《あきら》めてくれ」

「どうしてもダメですか?」

「気持ちはわからないでもないが、聞き分けが悪いなんて、平らしくないな」

確かに、そうだと思う。僕はなるべく迷惑のかからないように、期待を裏切らないようにしようと心がけている。

僕らしくないかもしれないが、簡単に引き下がれない理由もあった。

「先生、クビキリって知ってますか?」

思い切って、そう口にする。

「クビキリ？　ってあの動物のやつのことか？」

柳井先生は知っていたようで、渋《しぶ》い顔をする。気軽に口にする話題ではない。残酷だし、話を聞くのも嫌だろう。僕もそうだ。でも、伝えなければと話を続ける。

「実は僕、野毛山《のげやま》にある図書館でクビキリを見つけたんです」

「見つけたって、え？」

「僕が第一発見者で、多分、犯人も見ました」

柳井先生の顔色が、困惑によって塗り替えられていく。

首切り、クビキリ。

最近、犬や猫などの動物の首が切られて、その頭が町中《まちなか》に置かれる事件が起こっている。この事件がクビキリと呼ばれ、話題になっていた。

「クビキリが起きてるの、この辺じゃないですか。瀬川さんの犬が巻き込まれるかもしれないと思ったら、それで不安で仕方がなくて」

説明すると、僕の不安が輪郭《りんかく》を持って実体になりそうで、恐ろしくなる。

僕は、自分の目で見てしまった。だから、生々しいイメージが思い浮かんでしまい、どうしても瀬川さんの力になりたかった。

柳井先生がゆっくりと椅子《いす》の背もたれに体を預けながら腕を組み、考え込むようなポーズを取る。

「見てしまったのか。それは、悩ましいな。ちなみに警察には言ったのか?」

「はい。その日のうちに通報しました」

そうかそうか、と柳井先生はうなずきながら、少し厳しい表情になった。

「そういうことは、ちゃんと学校とか俺にも報告してくれよなあ」

「気を遣わせてしまったら申し訳なくて、黙ってました。すいません」

母親も心配はしていたが、僕の性格を知っているから「優介が言いたくないなら、言わなくてもいいんじゃないかな」と言ってくれたので、学校には黙っていた。

手持ちのカードを切った。どうだろうか、と柳井先生の反応を見ていると、先生は頭に両手を置き、ふーっと大きく息を吐《は》き出《だ》した。吐き出された息によって、さっきまでの問答が吹き飛ばされていくようだった。

「事情はわかった。チラシの件は俺から許可を取れないか聞いてみるよ」

「本当ですか?」

「でも、期待はしないでくれよ。偉い先生は頭が固いから」

ぽっと胸の中で明かりが灯《とも》るようだった。ありがとうございます、と深々と頭を下げる。

「それで、平はどう思った?」

「どうって?」

「クビキリを見たんだろ？　平はクビキリを見て、何を感じた？」

柳井先生に訊ねられ、意識がふわりと体を抜け出すような感覚を覚えた。

ベンチの上に乗っている猫の頭部と向かい合った、あの日の夜を思い出す。口の中が渇き、額にじわっと汗が浮かぶ。冷たい風に晒《さら》されたような寒気を感じた。

かっと見開かれていた白猫の目は、虚空を見つめていた。死骸《しがい》だとわかった時に頭と体が固まった。気持ち悪い、と感じるよりも、その残酷な光景に戦慄《せんりつ》した。

「……とても」

僕はしばらくの間、呆然《ぼうぜん》と、クビキリと見つめ合ってしまった。自分がとてもいけないことをしているような気持ちになった。死との対面、悪意を見せつけられ、心をどす黒いペンキでぐちゃぐちゃに汚されていくような感覚を味わった。

「とても怖かったです」

「怖かった、か。どんな風に？」

「それは、どうしてこんなことをって意識がぐるぐるして、命がこんな理不尽な目に遭うなんて信じられなくて、僕は……」

僕は？　どう思った？　言葉が出てこない。息が苦しい、自分の呼吸が乱れている、そう気づいた時に「深呼吸を」と柳井先生に優しい声で促《うなが》された。うなずき、息を大きく吐き出し、吸い込み直す。自分が呼吸をできているのは生きているからだ、と実感した。

「もし、何かを思い出したり辛《つら》かったら、遠慮しないで俺に相談するんだぞ。力になる」

「ありがとうございます。頼らせていただきます」

一人で抱《かか》え込《こ》むなよ、と柳井先生に言われ、恐縮しながら職員室の出口に向かう。チラシを見つけたのが柳井先生で本当によかった。

「失礼しました」

一礼して職員室の外に出ると、廊下の壁に背をつけていた男子生徒と目が合った。

「やっ」森巣が柔和な笑みを浮かべ、右手をあげる。

どうしてここに森巣が？　と思いつつ、「やあ」と返事をすると、彼はこちらにやって来た。

「待ってたんだ」

戸惑っている間に距離をどんどん詰められ、どきりとする。

「手伝うよ、犬探し」

5

放課後、少女漫画の王子様みたいな男子生徒と共にカフェにやって来た。

店内には焙煎《ばいせん》されたコーヒーの香りが漂い、木製のテーブルと椅子は、どこかの職人の手作りという感じがした。こだわりに溢れた温かみのある店で、気になるのは入口がバリアフリーじゃないことくらいだ。

お洒落《しゃれ》な店に自分がいていいのかな、とそわそわするが、瀬川さんとの待ち合わせ場所だし、一人じゃないので心強かった。お店の雰囲気と違和感のない森巣が、テーブルの向かいに座っている。ちらほらといる女性客の視線を集めていることにも気づいていないようで、メニュー表を手にして涼しい顔をしていた。

「学校の近くにこんなお店があるなんて知らなかった。平はよく来るの？」

「いや、僕は二回目。瀬川さんに連れて来てもらったんだ」

「さすが女子は詳しいね。店にBGMがかかってないのもいい」

「音楽は嫌い？」

「自分が好きな音楽は好きだよ。でも、そうでもない音楽は、あんまり聴きたくないな」

「僕もそうだよ。でも、カラオケとか誘われるんじゃないの？」

「まあね。だから、カラオケには行かない」

相槌《あいづち》を打ちながら、森巣が来ないことを寂《さび》しがる彼の友達の顔が目に浮かぶ。

「僕はいつも、来なくてもよかったなあって思いながら、隅にいるよ」

「行かなきゃいいのに」

「でも、断ったら悪いじゃないか」

「嫌われるのが怖い、と」

だね、と首肯する。どう思われているのか、嫌われるのではないか、と身構えてあれこれ考えてしまう自覚はある。

「別に嫌われてもいいのに」

「え？」

人気者の森巣とは思えない発言だった。

「この世の全員に好かれるなんて無理じゃないか。好きなもんは好き、嫌いなもんは嫌い、だろ？」

食べ物の好みを口にするような、淡々とした口調だった。

「他人を採点して過ごしてるような奴がいるとしたら、そいつを嫌いになればいい。どうせそんな奴は嫌な奴に決まってる。嫌われる自由もあるし、嫌う自由もある」

嫌う自由なんて、考えたこともなかった。

俺はそう思うねと話す彼の目は自信に満ち、怖いもの知らずという言葉がよく似合う。

「そんな風に考えられるなんて、すごいね。でも僕は、できれば誰からも嫌われないように、穏便に、平和に過ごせればって思っちゃうよ」

「ああ、別に平のことを否定してるわけじゃないよ。あくまで、俺は、の話」

その余裕のある態度も立派だなと思った。気分を害してはないよ、と僕は手を振る。

「君の勇気を見習わないとな」

口にして、ああ、自分に足りないのは勇気なのか、と思い至る。

助けてもらった時のことを思い出す。森巣には正しいことをするために、悪に立ち向かえる勇気がある。人と比べてしまうのは良くないけど、自分はなんだか格好悪い。

「僕は臆病《おくびょう》だから、周りのことを気にしてばかりだ」

つい愚痴っぽいことを言ってしまい、恥ずかしくなって顔を逸らす。

「別に臆病ってわけじゃないと思うけど。一人でチラシを配ってたじゃないか」

「あれは、困っている人を放っておく勇気がなかっただけだよ……ちょっとごめん」

そう言って、僕は席を立つ。森巣をちらちら見ていた女性二人組が会計を済ませ、お店から出ようとしていたので、「あの」と引き止める。

呼び止められ、首を傾《かし》げるショートカットの女性を見ながら、テーブルを指差す。

「すいません、あれ、違いますか？」

彼女たちのいたテーブルの上にはお皿とカップ、そしてスマートフォンが一つ置かれていた。

「あ！」

ショートカットの女性が店内に響き渡るような声をあげ、慌てた様子で移動する。

「あんた、また？」

「これで五回目だから、危なかった」

さすがに多すぎでは？　と思ったが口にしない。ショートカットの女性は屈託のない笑顔で「ありがとう！」と言ってスマートフォンをジーンズのポケットに突っ込んだ。

手を振ってくれたのでそれに応《こた》えると、前に座る森巣が目を見開いて小さく拍手をしていた。気恥ずかしさを覚え、弁解する。

「ほら、僕は周りのことばかり気にしているから」

「すごい、それはもはや、特技じゃないか」

「そんな大したものじゃないよ」

塞《せ》きとめるように手を向ける。本当に、僕はただ、見えているものを口にしただけだ。

「他に何か気づかない？」

せがまれ、「えぇっと」と漏らしながら店内を見回す。

壁に貼ってあるポスターに目が止まる。そこには、ホイップクリームによってキャラクターを模《も》したものや、マジパンで絵が描かれたケーキの写真が貼られていた。

「キャラクターの著作権が気になる、くらい？　こういうのって罪にならないのかな」

「なるよ。十年以下の懲役または一千万円以下の罰金だね」

「それは結構やばいんじゃないの？」

「ま、町のパン屋とかケーキ屋がいちいち摘発されることはないと思うけどね」

「グレーゾーンだね。どっちの気持ちもわかる」

ような気がする、と付け足す。

「ごめん、森巣君。ずっと話を脱線させてるよね」

「いいよ。あと、森巣でいい。君付けはなんか他人行儀だろ」

森巣がそう言って、白い歯を覗かせる。

「わかったよ、森巣」

「それじゃあ、平が見たものの話を聞かせてもらえないか？」

今日は瀬川さんとここで待ち合わせをし、町の掲示板にチラシを貼りに行こうと約束をしていた。瀬川さんがやってくる前に、あの話をしておきたい。

クビキリの話だ。

6

「この二ヵ月、桜木町《さくらぎちょう》の周辺で動物の死骸が見つかってるんだ。首を切られた、頭だけの状態でね。ネットとか同級生の間では、それがクビキリって呼ばれている」

森巣が表情に嫌悪感を浮かべ、「マジで？　それってみんな知ってるの？」と目を剝《む》いた。

「多分。テレビでも報道されたみたいだけど」

「えー、どうして知らなかったんだろう。うちのクラスで話題にならないからかな」

暗いニュースには縁がないほど、彼の周りは明るいということかもしれない。そうかもねと相槌を打ち、「話を進めるね」と説明を再開する。

一体目、三月に横浜《よこはま》の山下《やました》公園のベンチに置かれた猫の頭が見つかった。早朝にジョギングをしていた人が発見したらしい。その後も駐車場、小学校でクビキリは見つかった。

ニュースを知る度に、町の夕闇《ゆうやみ》の色が濃くなっていくような、そんな不気味さを覚えた。僕の住む町には、人間の皮を被《かぶ》った怪物がいる。耳をすませば「助けて」というか細い声が聞こえてくるようだ。

「というわけで、犯人は小動物ばかり狙《ねら》って事件を起こしているんだよ」

概要の説明を済ませ、カップを口に運ぶ。コーヒーがいつもより、ずっと苦く感じた。

森巣の様子を窺《うかが》うと、彼は黙って僕の話を聞き終え、ゆっくりテーブルの上のアイスコーヒーに手を伸ばした。

ガムシロップとミルクを入れる。細い指がストローでかき混ぜると、液体がどろっと溶け合い、黒と白がだんだん混ざっていった。それがなんだか不吉でいかがわしいものに見え、目線を外す。

「それは、許せないな」

冷たい温度の声に驚き、顔を見る。背筋が凍《こお》った。

森巣の表情が失せ、底のわからない暗い目をしている。

……君は、誰だ？

ごくりと生唾を飲み込んだ。

「で、平はクビキリの犯人も見たんだっけ？」

はっとし、まばたきをすると、森巣は変わらぬ表情をしていた。

「平？」

呼ばれ、今のは気のせいだよなとかぶりを振り、話を続ける。

「そうなんだ、見たんだよ」

こんな酷いことをする犯人の気持ちなんてわからない。それに、殺された動物の悲しみや発見者の気持ちも計り知れないな、そう思いながら僕は過ごしていた。

なので、まさか、自分が思い知ることになるとは考えてもみなかった。

二週間前の土曜日の夜、僕は野毛山にある図書館に向かった。借りている本の返却期限が今日までだったと気がついたからだ。十時を過ぎているし、夜の外出を母と妹からは咎《とが》められた。でも自転車で行けばすぐだし、「ポストに入れるだけだから」と家を出た。

十分ほど自転車を漕《こ》ぎ、図書館に向かう。駅前のあたりで飲み会帰りと思《おぼ》しき大人たちが楽しげな声をあげているのを見たが、丘の上にある図書館へ向かうにつれ、人の数が減り、そして誰もいなくなった。道路沿いに立つ街灯だけが、夜の住人のように並んでいた。

勝手知ったる道だけど、夜道は心細くなる。早く済ませて家に帰ろう、そう思ってペダルを速く回転させた。

図書館に到着し、自転車を降りる。誰も見てはいないけど路駐をしたくなかったので、駐輪場まで自転車を押した。

すると行き先に気配を感じた。ちかちかと頼りなく光る電灯の下、誰かがいることに気がつき、反射的に立ち止まる。

上下真っ黒の服装をしていて、まるで闇《やみ》が人間の形をして動いているような不気味さを覚えた。

図書館の閉館時間は夜の八時半だ。館内の電気も消えている。僕のように返却ポストを利用しに来たのだろうか、と考えを巡らせる。

じっと目を凝《こ》らした。黒服の人物はこちらに背を向け、中腰になって体をもぞもぞと動かしている。パーカーの背中に「ＸＸ」と白文字で大きく書かれていた。あれは人だ。同じ人間だから怖くない。そう自分に言い聞かせて、ゆっくりと前進を再開した。

歩くのに合わせて、自転車の車輪が回転するカラカラという音が鳴った。

その瞬間、黒服の先客が警戒する動物さながらの俊敏な動きで振り返った。

ぎょっとし、頬が引きつる。

先客はパーカーのフードをすっぽりと被り、マスクをし、サングラスをかけていた。何か出会ってはいけないものに出会ってしまった、と本能で理解して体が固まる。

僕はじっと見つめられている。どうしてなのかわからない。ただ、このまま接近されたら、何か恐《おそ》ろしいことをされるという予感がした。逃げなければ。だけど、誰かに足首をつかまれているみたいに、足に力を入れることができない。

手の力が抜け、自転車が倒れ、がしゃんと音が響いた。

その音を合図にしたように、黒服が素早い動きを見せた。

危ない！　と僕は反射的に身を守るように両手を構える。

が、黒服の動きは僕の予想に反していた。逃げるような動き、というフレーズが思い浮かぶ。

黒服は、こちらに背を向け、勢い良く駆け出していた。

逃げた？　何から？　僕から？　何故？　そんな疑問を抱きながら、僕は倒れている自転車をそのままに、おそるおそる黒服がいたところへ歩を進める。

明滅《めいめつ》する電灯の下、ベンチの上にそれはあった。

まるでベンチから生《は》えているように、白猫の頭が置かれていた。

目と口を大きく開けていて、絶叫しているように見える。

「クビキリ」

そっと耳元で誰かに囁かれたようで全身に鳥肌が立ち、僕は尻《しり》もちをついていた。打ったお尻がじんじん痛み、呼吸が荒くなり、心臓が早鐘を打ち、心が掻《か》き乱《みだ》される。

白猫と視線が交錯する。黄色と青の瞳が、僕を見つめている。

おぞましい光景なのに、恐ろしいが故《ゆえ》に視線を外すことができなかった。

どのくらいの時間そうしていたかわからない。帰りの遅い僕を心配した妹からの着信でポケットのスマートフォンが震え、僕は我に返った。

7

「で、警察に通報した、と」

森巣がいつの間にかメモ帳を開き、ペンを走らせていた。交番での聴取を思い出しながら、姿勢を正してうなずく。これが、僕がクビキリ発見をしたあらましだ。

「森巣は、僕が見たのは犯人だったと思う？」

「可能性としては高いんじゃないかな」

「あっちが第一発見者で、僕を見て犯人だと思って逃げたってことはないかな？」

ここ数日ずっと考えていたことを訊ねてみると、森巣はじっと僕の顔を見つめ、苦笑しながら首を横に振った。

「俺が仮に第一発見者で動揺していたとする。それでも、平は人の良さそうな顔をしているから、暗闇《くらやみ》の中で見ても逃げないと思うね」

「人は見かけによらないじゃないか」

「平が犯人なの?」

「まさか!」

「というわけで、自転車を押して現れた平を犯人だとは思わないかな。それにしても災難というか、とんでもないところに居合わせたね。無事でよかった」

「本当に、そうだよね。犯人が襲って来なくてよかったよ」

「犯人の特徴は他に覚えてないの? 男だった? 女だった?」

「ガッシリとした体格ってわけじゃないけど、男だったと思う。髪の長さはフード被ってたからわからないけど、線は細くなかったし」

「身長は?」

「百七十後半じゃないかな。森巣と同じくらいだよ。あ、あと、さっきも言ったけど、パーカーの背中に、白い文字で大きくXXXって書かれてた。流行《はや》ってるブランドとかデザインだったりする?」

「いやあ、知らないな」

僕の話をずいぶん熱心に聞いてくれるなあ、となんだか嬉《うれ》しく思うが、僕が危険なことに関《かか》わらせているような気がしてきて、急に心配になってきた。

「平は瀬川の犬がいなくなる前にクビキリと犯人を見ているから、不安に思ってるわけだ。でも、瀬川の犬は散歩中に迷子になっただけなんだろ？　心配ではあるけど、そこまで深刻にならなくてもいいんじゃないかな」

どうしよう、これ以上森巣に話をするべきか。瀬川さんの役に立ちたいけど、森巣に同じ苦しみを味わわせたくもない。

逡巡《しゅんじゅん》しながらコーヒーに手を伸ばす。すっかり冷めていて、渋い気持ちになる。

「それで？」

「それで？」

「まだあるんだろ？」

「なんでわかったの？」

「平は顔に出やすいんだよ」

森巣が指摘し、親しげに頬を緩める。

さあ、話してよと促され、僕は口を開いた。

「……実は、瀬川さんの犬、ただ散歩中にいなくなったってわけじゃなさそうなんだ」

どういうことか？　と森巣が眉間《みけん》に皺《しわ》を寄せる。

「散歩中に、突き飛ばされたらしいんだけど――」

そう話し始めた時、入店を知らせるカウベルが鳴った。視線を向けると、ちょうど瀬川さんがやって来たところだった。

瀬川さんが僕を見て手をあげ、向かいの席の森巣を見て目を丸くする。

「続きは瀬川さんの口から」

8

隣に座る瀬川さんの様子を窺う。

髪は肩に届かない程度に切りそろえられ、前髪はヘアピンで留《と》めている。制服も着崩さず、知的な雰囲気のチタンフレームの眼鏡《めがね》をかけていて、今日も委員長然としていた。だけど、寝不足なのか、疲れた顔をし、目も充血気味に見える。

瀬川さんは店にいた森巣に驚いたようだったが、協力してくれるのだと伝えると、やっと少し笑顔になった。

「森巣くん、久しぶりだね。元気だった？」

「俺は元気だけど、瀬川は大変みたいじゃないか」

「大変」と瀬川さんが森巣の言葉を繰り返す。そのことによって、自分の状況を確認しているようだった。

「大丈夫、ごめんね。わたしよりも妹が塞《ふさ》ぎ込《こ》んでいて、それが、ちょっと」

何と慰めの言葉をかけようかと思案していたら、店員のお姉さんがやって来て、瀬川さんに親しげな口調で声をかけた。

「あら、両手に花。潔子ちゃん、やるじゃん」

はっとした様子で瀬川さんが顔を赤くし、「三田村《みたむら》さん！」と声をあげる。

「優しそうな彼か、イケメンの彼か。安心かスリルか」

「そういうんじゃないから。からかうならお店に来ないよ？」

「それは困るわ。大事なお客様だし」

「大事なお客様なら大事にしてってば」

三田村さんと呼ばれたお姉さんが「ごめんごめん」とけらけら笑う。むくれる瀬川さんには、学校では見せない幼《おさな》さがあった。

「あ、ねえあのケーキ、美紀《みき》ちゃんは喜んでた？」

「……ええ、はい」

「よかった、お誕生日おめでとうって伝えておいてね」

三田村さんは、瀬川さんから注文を受けると、軽快な足取りでカウンターの奥に帰っていった。瀬川さんが大きく息を吐き出して、ばつが悪そうに僕らのことをちらちら見てくる。

「近所に住んでて、わたしのお姉さんみたいな存在というか。逆《さか》らえない人というか」

身内の不祥事を弁解するように、瀬川さんが説明を始めた。

「小さい頃からわたしのことを知ってるから、いつまでも子供扱いで。未《いま》だに迷子のわたしを見つけてあげたのは自分だって言い出したりする人で」

「子供の頃のことを知られてるのは、弱みを握られているような感じがするよな」

心から同情しているような口ぶりで森巣が言った。「森巣は別に弱みなんてないんじゃないの？」と反射的に口にする。美談こそあれ、恥ずかしいエピソードはなさそうだけど。

「あるよ」「どんな」「そりゃ言えないよ」「それもそうか」

瀬川さんのレモネードが運ばれてきて、僕たちは話題を「犬探し」に戻す。瀬川さんが委員長らしく、きりっとした顔つきに変わり、議題を切り替えた。

「それで、平くん、学校のほうはどうだった？」

「柳井先生が学校側にかけあってくれることになったよ」

「よかった。わたしは家に一度帰ってたんだけど、お母さんが自治会の人から掲示の許可をもらえたって。これから二人には、分担して貼るのを手伝ってもらえると助かる」

「お安い御用だね。そう言えば、瀬川は警察にはもう行ったの？」

「うん。でも、あんまり期待はできないかもって言われちゃった。やんわりとだけど」

あの時助けると言ったじゃないですか！　と責められるかもしれないからだろうか。警察も辛い立場だな、と同情する。

「だから、懸賞金もかけることにしたの」

「懸賞金？」

初耳だったので、反射的に声をあげてしまった。

瀬川さんがスクールバッグから、チラシの束を取り出す。

『発見に繋《つな》がる情報を提供してくれた方には三十万円をお支払い致します』

「三十万」思わず、口からこぼれる。

少ないとか多いとかではなく、その金額をどう捉《とら》えたらいいかわからなかった。ただ、お金が絡むと、なんだか嫌な感じがする。

「……瀬川さん、お金をかけるのは、なんかちょっと、違くないかな？」

「マリンは家族だし、なんとしても見つけたいってお父さんが言ってて。それに見つけた人にもちゃんとお礼がしたいからって」

「でも、三十万円がマリンちゃんの値段ってわけじゃないじゃないか」

「もちろん、そういう意味じゃないよ。相場とかは、お父さんとお母さんが調べて決めたみたい」

瀬川さんが沈痛な表情で俯《うつむ》くのを見て、僕が瀬川さんを追い詰めてどうするのか、と反省する。

「平、お金は財産だけど、力の一つだよ。ものを買うこともできるし、人を動かすこともできる。出し惜しみしたり、持っている力を使わないのは怠慢じゃないかな」

そう、なのだろうか？　人はお金だけで動くわけではないと思い、釈然としない。森巣を窺うと、にこりと微笑《ほほえ》まれた。その笑顔からは無言の圧を感じた。この場でお金について議論をするのは、やめることにする。

「僕も、犬が見つかるのが一番だと思うよ」

「じゃあ、できることをやってみよう。三人揃《そろ》ったわけだし。文殊《もんじゅ》だよ、文殊」

森巣が場を和ませつつ、鼓舞するように言った。僕らが力を合わせれば、早く見つけられるかもしれない。

「でも、その前にちょっと気になることを平から聞いてたんだけど」

そうだった、その話の途中だった。

「散歩中に誰かに突き飛ばされたとか」

「……うん、散歩中に突然。それで、マリンが……」

言《い》い淀《よど》む瀬川さんの返事を聞き、森巣がこつこつ、こつこつとテーブルを指で叩《たた》いた。

「現場に案内してくれないかな？」

9

現場、とは大仰なと思ったけど、森巣の提案を受けて僕らは店を出た。

高級な住宅地だが、急勾配《こうばい》が多い。今は下りだからいいけど、例えば自転車でここを上るのは辛いだろう。瀬川さんの犬も、散歩の時にこの道を歩いていたのだろうか。

君は今、どこにいるんだ？　そう思いながらチラシにプリントされた写真を見る。

ミニチュアブルテリア、のっぺりとした愛嬌《あいきょう》のある顔立ちをしている犬だ。白く短い体毛は滑《なめ》らかそうで、左目周辺にある染《し》みのような黒い毛がチャーミングだった。

改めて写真を見ていたら、あることに気がつき、「なるほど」と漏れる。瀬川さんたちは可愛さに感激し、愛《いと》おしく思いながら名前をつけたのかもしれない。

「青いからマリンなんだね」

「そうなの。よく気づいたね」

「青い？」と森巣が訊ねてくるので、「ほらここ」と言って犬の右目を指差す。左目は黒いが、右目だけ淡くブルーがかっている。どこか神秘的で、宝石でも嵌《は》めているみたいだ。「本当だ、オッドアイだ」と森巣も感心するように言った。

「オッドアイ？」と聞き返す。

「左右の目の色が違うことだよ」

「本物は写真よりもわかりやすいよ。綺麗《きれい》で不思議な色してるの」

「三歳って書いてあるけど、瀬川は子犬の頃から飼ってるの？」

「うん。小学生の妹が誕生日にごねて飼い始めたんだよね。お父さんとお母さんは、最初反対してたんだけど、頼まれたからわたしが説得したの」

妹に弱いの、と困ったようにはにかむ瀬川さんは、お姉さんの顔をしていた。

「妹の頼みかあ、僕も妹のためだったらなんでもするなあ」

明るく快活な妹の姿を思い浮かべる。僕が断れない性格をしているのをいいことに「兄、お願い！」と頼み事をしてくる度に、「えー」と言いつつも頼られていることがいつも嬉しかったりしている。

「平の妹っていくつ？」

「三つ違いの中二。社交的な奴だから二人にも紹介したいよ。あ、でも森巣はダメかな」

「妹に好きな人ができたら嫌だから？」

瀬川さんに指摘され、図星です、と渋々《しぶしぶ》うなずく。森巣が「心配性のお兄ちゃんから取ったりしないよ」と愉快そうに笑った。

そして、森巣は「妹と言えば」と口を開いた。

「瀬川の妹、最近誕生日だったの？」

「え？　なんで？」

「さっき店でケーキの話してただろ？」

「ああ、うん。実は、マリンがいなくなった日が妹の誕生日だったの。マリンと散歩をしながら、ケーキを取りに行ったまではよかったんだけど。せっかくのケーキも結局食べられなくなっちゃって……」

　誕生日というささやかな幸せが踏みにじられたことを想像し、胸が痛む。

「犬の散歩にケーキを取りに、瀬川も一日大変だったね」

「お姉ちゃんだしね。うち、親が厳しいから散歩は絶対に行かないといけないし。放課後、何もなければわたしの担当」

　クラスでは委員長の仕事もして、同級生の勉強の相談を受け、帰宅してからは家族のために犬の散歩もちゃんとする。「偉いなぁ」と、思わず口からこぼれる。

「そんなことないよ。いつも五時頃、ちょうどこのくらいの時間に散歩してるんだけど……ねえ、二人とも手伝ってもらってごめんね。もしかして、時間とかやることとかあったんじゃない？」

　瀬川さんが、重要なことを思い出したかのような顔つきになって立ち止まり、訊ねてくる。森巣とお互いにどうなの？　と顔を見合わせる。別に、と森巣は首を振った。

「瀬川さんの手伝いをさせてもらえたら嬉しいな。僕はホームルームとかで積極的に発言をできてないし、いつも頑張ってるのを見てるだけだったからさ。瀬川さんが困ってるなら、今度は僕が助けになれたらなって。部活も週一だから時間もあるしね」

瀬川さんは謙遜《けんそん》するように首を横に振っていたけど、最後は「ありがとう」と仰々しく頭を下げた。大袈裟《おおげさ》に話しすぎてしまったかな、と少し心苦しくなる。

「ところで平って何部なの？」

「音楽部。ギターを弾《ひ》いてるんだ」

「へー、ギターか。なんか意外だな」

ギターというイメージは僕っぽくないよなと自分でも思い、苦笑する。

「ねえ、二人ってどういう組み合わせなの？」

何部なのかも知らない間柄《あいだがら》だし、不思議に思ったのだろう。そう問われると、さっき会った、くらいのものだ。

だけど、森巣は即答した。

「友達だよ」

取り繕っただけなのかもしれないが、「友達」と言ってもらえたことが不覚にも嬉しかった。森巣は人たらしだなあ、と少し照れてしまう。

しばらく歩いていたら、瀬川さんの口数が減り、歩く速度が落ち、表情が沈んでいった。緊張感が伝わってきて、なんだか胸騒ぎがする。

何か声でもかけようかと思った矢先に、瀬川さんが立ち止まった。

「ここなの」

一車線の道路で、両端には白線が引かれ、高い塀や植え込みのある一軒家が並んでいた。

瀬川さんが、

「マリンとここを歩いてたら」

と一歩ずつ進む。

「ここで、突然後ろから誰かに突き飛ばされたの」

話はそれで終わりだと思っていた。が、瀬川さんは重々しい口調で続けた。

「犯人は、倒れたわたしが離したリードとマリンを抱《かか》えて、あっちに走っていって、わたしも慌てて追いかけて……」

初耳だった。それではまるで強奪じゃないか。

瀬川さんの歩調が速くなり、戸惑いながらも、置いていかれまいと、瀬川さんの後をついていく。

十メートルほど進み、曲がり角で瀬川さんが立ち止まった。

「それで、この先に犯人は逃げたんだけど……」

森巣と共に角を曲がる。森巣が立ち止まり、息を呑んだのがわかる。

両側には家が一軒ずつ並び、道の先に待ち受けていたのは壁だった。

三メートル以上の高さがあるコンクリートの壁がそびえ、その上に家が建っている。

「誰もいなかった」

10

瀬川さんの犬を奪った犯人が逃げ込んだ先は、袋小路《ふくろこうじ》だった。

立《た》ち塞《ふさ》がる壁を前にし、戸惑いながら考えを巡らせるが、わからない。

瀬川さんから、散歩中に突き飛ばされて犬がいなくなったという話を聞いた時、嫌な予感はしていた。そいつに盗まれたのではないか？　と。でもそれを口にすると、不安にさせてしまいそうだから黙っていたのだが、事態は予想を越えていた。

犯人と犬はどこに消えたんだ？　様子を窺うと、瀬川さんは左腕を抱き、目を伏せていた。来たくない、見たくない、と身を守っているようだ。

代わりに僕が何か、解決の糸口を探さなければと周りを見回す。

右の塀の向こうにはクリーム色の家が見え、左の塀の上からは、庭木の枝が張り出していた。奥は行き止まりの壁だ。頑然と僕らを追い返そうとしているような印象を受ける。

僕が袋小路をうろうろしているのに対し、森巣は顎《あご》に手をやってじっとし、考え込んでいた。雰囲気が張り詰めていて、声をかけることに躊躇《ちゅうちょ》する。

「瀬川さん、犯人はこの角を曲がったんだよね」

「うん」

「なのに、いなくなってたの？」

「うん」

「でも、どこにも逃げ場がないじゃないか」

「わかってる。だから、こんな変なこと誰にも言えなくて」

瀬川さんの眉が悲しげに下がり、「ごめんね、平くん。本当に」と涙声が漏れ聞こえてくる。

確かに、こんな話は人から信じてもらえそうにない。折角、僕らにならばと打ち明けてくれたのに、自分が余計な発言をして追い詰めてしまった。「大丈夫、大丈夫だよ」と僕は何が大丈夫なのかわからないけど、声をかけ続けた。

「瀬川、犬は抵抗しなかったのかい？」

そう森巣が言ったのは、しばらくしてからのことだ。瀬川さんは少し落ち着きを取り戻したのか、前髪に触れながら「ええっと」と口を開く。

「ごめんね、ちょっとわからない。突き飛ばされた時に眼鏡が外れたから。抵抗したとは思うけど」

「じゃあ、吠《ほ》えたりしてなかった？」

「吠えてた気もするけど」

「犯人と角に消えるまでは？」

「多分、してたと思う」

「この行き止まりに来てからは？」

森巣の畳み掛けるような質問を受け、瀬川さんは口元に手をやり、真剣な表情で考え込んでいる。

「ちょっと思い出せない。ごめんね」

「いや、謝ることはないよ。確認をしたかっただけだからさ」

「何の確認？」僕は訊いてみる。

森巣が僕を見てから、左右の家を交互に指差す。

「犯人が消えるわけがない。つまり、塀を乗り越えてどちらかの家に逃げ込んだんだ」

それぞれの塀の高さは、僕らの背丈《せたけ》よりも少し高いくらいだ。手を伸ばし、頑張れば乗り越えられない高さではないと思う。だけど、だ。

「犯人は犬も連れていたんだよ？」

「ああ、だから犬が吠えてなかったのか訊いたんだ。聞こえてたら、追った瀬川にもわかったはずだろ？」

確かにその通りだ。淡々と質問していたから意図がわからなかったけど、そこまで考えていたのか、と驚いた。

飄々《ひょうひょう》とした様子で、「これは難問だね」と言い、森巣が行き止まりに向かって歩き始める。ので、僕も移動して彼に並んでみる。

両サイドの家が無理なら正面か、と考えているのだろう。だけど、それが一番無理だ。

ここは坂道にある住宅地なので、段々に家が建っている。行き止まりになっているコンクリート壁の傾斜はきつく、駆け上がるのは到底無理な角度だ。登るにはロッククライミングのような姿勢になるだろうし、壁の上にはフェンスが張られているのが見える。

犯人が逃げられるとしたら、右か左の家か。左側《ひだりがわ》には庭木があって少し邪魔だから、右側のクリーム色の家のほうだろうか？

腕を組み、じっと立っている森巣の隣に戻り、「ねえ」と声をかける。

「先に犬を塀の向こうに放って、自分も続いたのかな？」

「どうだろうな。瀬川、犬ってどのくらいのサイズ？」

瀬川さんが、大切なものを抱きかかえるように両手を広げる。五十センチくらいだろうか。中型犬だからそこそこ大きい。大変そうだが、絶対無理でもなさそうだ。

「落下したはずみに気を失ったから、犬は静かになったんじゃないかな？」

「失敗をしたら痛みで吠えまくると思うし、犯人は逃亡先で犬が鳴かない偶然に賭《か》ける、なんてことはしないと思うよ」

「確かに」

結局わからないということがわかっただけだった。まさに袋小路。

僕は瀬川さんの元に戻り、言うか言うまいか逡巡した後、おそるおそる質問してみる。

「瀬川さん、逃げた犯人の服装って覚えてる？　もしかして、黒いパーカーで背中に白文字でXXって書いてなかった？」

瀬川さんが疲労感の浮かんだ表情をして、思い出すような時間をかけてから、「そう、だった」と答えた。

その返事を聞き、奥歯を嚙《か》みしめる。僕が見たクビキリの犯人と同じ格好じゃないか。同一犯と考えるのが短絡的だとは思えない。あいつは、瀬川さんを襲い、犬を拐《さら》ったんだ。だとすると、犬が危ない。お腹《なか》の底がざわつき、胃のあたりがぎゅうっと絞られるように痛む。

どうしよう？　と目をやると、森巣は瀬川さんを見つめ、とんでもないことを口走った。

「瀬川はクビキリを知ってる？」

瀬川さんの表情が強張《こわば》った。

「森巣！」

反射的に声をあげる。

が、森巣は素知らぬ顔をし、「どう?」と促した。

「知ってる。ニュースでも見たし……何? どういうこと?」

瀬川さんの顔から血の気が引いていく。咄嗟《とっさ》に、森巣と瀬川さんの間に入る。睨むような目つきもしていただろう。それでも森巣は止《や》めなかった。

「俺にはまだわからないけど、逃げるルートも犯人は考えていた。女子高生が、夕方に一人で犬の散歩をしているのを知っていたから犯行に及んだ、計画的なものだろうね」

天気予報の話でもするみたいに、森巣が口にする。この町にクビキリ犯がいるから最悪の事態を覚悟しよう、とでも言いたいのだろうか? それは無慈悲だし、そんなことを言ってもらいたくて協力を歓迎したのではない。

「平が見たクビキリ犯と同じ格好をしていた、というのも気になる」

瀬川さんが目を大きく見開き、確かめるように僕に視線を移した。眼鏡の奥の瞳が不安のせいで揺れている。

「いや、瀬川さん、それは……」

違うよ、と嘘《うそ》を吐《つ》いてごまかせばよかったのだが、続く言葉が思い浮かばない。

瀬川さんの表情が一瞬固まった。かと思ったら、つーっと頬を涙が伝っていた。食いしばった口から、嗚咽《おえつ》が漏れ聞こえてくる。

「ねえ、どうしたらいいの。わたし、できることならなんでもするから」

それは、学校での委員長然とした瀬川さんからは考えられない、悲痛で必死な声だった。

「美紀のためなら、マリンが戻ってくるなら、なんでもする！　本当よ！」

泣き声をあげながら両手で顔を覆い、膝《ひざ》から崩れ落ちるように蹲《うずくま》る。プレッシャーが瀬川さんの身体《からだ》にのし掛かり、失意のどん底へ、ぺしゃんこに押しつぶそうとしているように見えた。

瀬川さんは被害者だ。散歩中に犬を拐われた責任は彼女にはない。だけど、年の離れた妹は理解してくれているだろうか。両親もちゃんと同情しているだろうか。「しっかり手綱を握っていれば、拐われずに済んだのに」と瀬川さんが自分自身を責めていないだろうか。

泣き崩れてしまった瀬川さんを見ながら、自分の中でやり場のない悲しみと共に、憤りが生まれた。

どうして、クビキリの話をしたんだよ、と森巣を見やる。

当の森巣は考えの読めない表情で、じっと瀬川さんのことを見下ろしていた。僕の視線に気づくと、悪びれる様子もなく、まるで僕を安心させるように柔らかく微笑んだ。

何故こんな時に笑えるのか？　と呆気《あっけ》に取《と》られていると、森巣は咽《むせ》び泣《な》いている瀬川さんに歩み寄り、屈んでそっと肩に手を置いた。

「瀬川、大丈夫だよ。任せてくれ」

それはなんだか陽《ひ》だまりのように暖かく、優しい声だった。

11

現場に行くことで事態が前進するかと思ったのだが、迷路に踏み込んだようだった。拐われた犬はどこにいるのか、犯人はどこに消えたのか、クビキリの被害に遭うのではないか。どんどん深刻になっていく。

だけど、僕に何ができる？

家の前まで送り届けた頃には、瀬川さんは落ち着きを取り戻していた。僕たちに礼を言って頭を下げ、家の中へ帰っていく。僕らが動くから今日はもう休んでほしいと、なかば懇願《こんがん》するような形で瀬川さんを説得した。

瀬川さんの家は、大きくて立派だったが、理不尽に家族が欠けている今、空いたスペースには寂しさが侵食しているのだろう。

僕と森巣の手には、町の掲示板に貼るためのチラシが握られている。これから二人だけで貼って回らなければならない。

でも、その前に、だ。

「森巣は何かわかってるの？」

隣に立つ森巣に質問する。

すると森巣は、「少しね」と歯切れの悪い様子でうなずいた。「でも、まだ人に言える段階じゃないんだ」

「どうして瀬川さんにクビキリの話を？　不安がらせる必要はなかったじゃないか」

「ちょっと知りたいことがあったんだ。あそこまで怯《おび》えさせるつもりはなかった。それは反省しているよ。でも、わかったこともある」

「何がわかったの？」

「これもまだ言えないんだ。悪いね」

森巣がそう言って、肩をすくめる。言えない段階でも教えてもらいたかった。僕を安心させてほしかった。が、きっと、問《と》い質《ただ》してもはぐらかされてしまうだろう。そういう有無を言わせぬ語気がある。

歩き出したので、文句を飲み込んで森巣の隣に並び、夕暮れ時の街を歩く。態度に不満がないわけではないけど、チラシ貼りを手伝ってくれるのは心強かった。

「平は好きなのか？」

「好き？」

「瀬川のこと」

「僕が？　瀬川さんを？」

思わず素《す》っ頓狂《とんきょう》な声をあげてしまった。森巣に、「え？　違うの？」と意外な顔をされ、僕は大袈裟に首を横に振った。

「別に恋愛感情で動いているわけじゃないよ。瀬川さんは良い人だと思うけど、そういうんじゃない」

「え、じゃあどうしてこんなに、歩き回って犬探しをしてるわけ？」

「瀬川さんが困ってるのを放っておけなかっただけだよ」

そう言いつつ、それだけだろうか？　と改めて考えてみる。どうして僕は瀬川さんの役に立とうと思っているのか？　と自問する。

例えば、他の同級生相手でも、同じように動くか？

……きっと同じように動く。

それは、僕が弱いからだ。

世の中には悪意があり、そのせいで困り事に溢れている。僕はそれを正すために真っ向から立ち向かったりできる人間ではない。だからせめて、フォローはしたい。力になれるなら、手を貸したい。

「妹がいるって話をしたよね」

「俺には会わせたくない妹だよね」

「いつか紹介するよ。静海《しずか》って言うんだけど、子供の頃から車椅子《くるまいす》生活をしてるんだ」

頭の中で静海の姿を思い浮かべる。日向《ひなた》を思わせる笑顔と、丈夫な車椅子がセットになっている。

妹と暮らしていると、強く感じることがある。

「この社会は、弱い人のためにはできていないんだ」

言葉にすると、巨大な壁が目の前にそびえているようで、途方もなく感じる。

「弱い人のためにはできていない」森巣が、僕の思考をなぞるように、復唱した。

「隙間とか、小さな溝や段差でも、油断すると静海の怪我《けが》に繋がることもある。でもね、そんなことよりも嫌なことがある。それは――」

「人間か」

僕は目を丸くする。その通り、と首肯した。

「車椅子を使ってるだけで何も悪くないのに、因縁をつけてきたり、邪険に扱ってくる人たちがいる」

子供の頃、僕は妹が悪く言われたり、仲間外れにされたりするのが嫌だった。苛立ち、その不平不満を、母親にぶつけた。

すると、母親は屈んで僕の目をまっすぐ見て、こう言った。

「人の弱さに気付けるあなたは間違ってない。だから、優しくなりなさい」

子供の頃はわからなかったが、年を取るにつれて母親の意図が、だんだんとわかるようになってきた。

困っている人に気づけるのは、優しい人だし、人に手を差し伸べられるのも、優しい人なのだ。

だが、優しくなるには、人としての強さが必要になる。

それはとても険《けわ》しい道のりだと、思い知らされる日々だ。

「優しさが平の強さ、か」

「僕は全然強くないよ。だから、指針にはしてるんだ」

どうするか迷ったら、他人のためになるほうへ、針の指すほうへ進め、と思っている。

そしてそれは、困っている人を見て見ぬふりができない僕の性分に合っていた。

「平は良い奴だな」

森巣が、何かを懐《なつ》かしむみたいに呟いた。その表情が何故かひどく寂しそうに見え、声をかける。

「森巣だって良い奴じゃないか」

彼が持つチラシの束に目をやる。優しくなかったら、手伝ったりしない。

「俺はただ、弱い者いじめが許せないんだ」

声から強い意思を感じた。その言葉には不思議な引力があり、彼となら一緒に、悪意に立ち向かえるのではないかと感じた。

クビキリ、小動物を一方的に手にかける酷い人間、森巣はそれを許せないのだろう。困っている人を放っておけない僕、弱い者いじめを許せない森巣、僕らは少し似ているのかな、そう思ったのは僕だけだろうか。

「平はクビキリを見たんだよね？」

「うん」

「思い出させるようで悪いんだけど、どうだった？」

「それってみんな気になるんだね」

「みんな？」

「その質問は二回目だ。柳井先生にもされたよ。『クビキリを見て何を感じたか？』って」

なんと答えたんだっけ？ 思い出す時の癖で空を見上げる。柔らかそうな雲が風に流されて散っていくのを見て、口を開く。

「命は、理不尽な終わりを迎えることもあるんだ、そう思ったよ。もちろん、理不尽に奪われていい命なんてないけどね」

「なるほど……俺は犯人が何か手がかりを残してないか気になってたんだけど」

「ああ、そういう質問だったのか。変なことを言ってごめん」

森巣を見ると、気にしてないよと微笑みを浮かべながら歩いていた。

「じゃあ、俺はこっちに貼りに行くよ」「わかった、僕はこっちを」

そう言って、交差点で僕らは二手に分かれた。

森巣良、不思議な同級生だ。

爽やかで人当たりが良く、行動力もあって頭も切れる。だけど、彼が何を考えているのか計り知れない。振り返ってみたが、姿は見えなくなっていた。

12

一人になると、自分の中にあった気持ちがゆっくりと浮上してきた。

森巣はあの袋小路で何か思いついた様子だった。もしかしたら、他の現場に行けば僕も森巣のように何か気づけるのではないだろうか。瀬川さんの役に立てることがあるならば、やっておきたい。

町の掲示板にチラシを貼りながら、三体目のクビキリが発見された小学校に足を運んだ。

三体目のクビキリは、世間的には一番衝撃的な事件だろう。

小学校から白い兎《うさぎ》が一羽《わ》行方不明になっていた。小屋の鍵《かぎ》を閉め忘れたせいで脱走してしまったのかと思われたが、違った。兎は、頭だけの状態で、小屋に帰って来た。

想像するだけで、おぞましくて身震いが起こる。

到着し、学校の周りをぐるりと回ってみることにした。フェンス越しに見える校庭には、小学生たちの姿がなく、物悲しい気分になる。

校庭の隅にある、トタン屋根の飼育小屋の前で立ち止まる。

学校を囲むフェンスは越えられない高さではないから、犯人はここを乗り越えて、飼育小屋の錠を壊し、兎を連れ去ったのかもしれない。

「すみませーん、どうかしましたかー？」

声のしたほうに目をやると、校庭にふくよかな体型の女の人が立っていた。不審そうにこちらの様子を窺っている。学校の先生だろう。

「すいません。ちょっと近くに寄ったんで様子を見に来たんです」

「はぁ、なんのですか？」

クビキリの調査の、なんて説明をしたら怪しまれてしまうので「ここの卒業生なんですけど」と咄嗟に嘘を吐いた。

「酷い事件があったと聞いて。昔、飼育係で餌《えさ》をあげていたので」

僕が卒業生だと聞いて、相手の緊張が解けたのがわかる。眉間の皺が消え、口調も柔らかいものになった。

「卒業生なのね。パランちゃんっていう白兎で、まさかあんな目に遭うなんて」

「辛いですね」

「ええ、とても辛い一週間だったわ」

「一週間?」

「いなくなってから、一週間後だったの。嫌なニュースがあったからずっと不安で……今もまだ悲しいし、受け入れられないんだけど」

「ああ」と嘆息し、「犯人は子供たちの気持ちを考えられないんですかね」と続ける。

「でも、犯人も元小学生なのよね。学校で生き物は大切にしようっていうことは教えられるけど、ちゃんと伝わらなかったんだなあって思うと、がっくりくるわ」

「でも、先生に責任はないでしょう」

「でも、大人としてね、犯人にも自分と関係のないことなんてないんだって、わかってもらいたかったかな。学校以外でも、学べることができたらよかったんだけど、環境とか人間関係は、運もあるから歯がゆいわね。他人に優しくしようとか、命を慈《いつく》しもうとか。わたしたちが本当に伝えたいことを、どうにかして知ってもらえたらよかったんだけど」

元小学生の僕は考える。

僕が人に優しくしようと心がけているのは、妹と母親がいるからだ。

もし、家庭が違ったらどうだろう。弱い者いじめをするような人間になっていることもありえたのだろうか。そう考えたら、ぞっとした。

「腐らずに頑張るけどね。伝わりますように、って丁寧に教えるわよ」

「心強いです」なんだか励《はげ》まされた気持ちになった。

「様子を見に来てくれて、ありがとう。他の兎たちはケージに入れて、職員室の中に移動させたの」

「無事だったんですね、よかった」

「おかげで職員室にいるのに癒《いや》されるわ。飼育小屋だと、散歩の途中に近所の人が見れてよかったんだけど」

そう言いながら、先生が急におや、と眉を上げてまじまじと僕を見た。

「あなた、湊第一高校《みなとだいいちこうこう》の生徒さんじゃない？」

「そうですけど」

「パランを見つけてくれた子も、湊一高の生徒さんだったのよ」

「登校して来た小学生が見つけたんじゃないんですか？」

「違うわよ。早朝のジョギング中に通りかかって、見つけて教えてくれたの。ちょうどあの日、わたしは採点とか授業の準備があって早くから学校にいたから会ったんだけど」

先生の口調が、だんだんうっとりとしたものに変わっていく。

「しゅっとして、すごく綺麗な子だったわねえ。男の子なんだけど」

急に肌寒さを感じ、嫌な予感を覚えた。

まさかと思いつつ、おそるおそる口を開く。

「もしかして、森巣って名前じゃありませんでしたか？」

「そうそう。あなたお友達？　イケメンで礼儀正しい子だったわねえ」

先生の言葉が頭の中でもやとなり、包み込んでくる。

森巣もクビキリの発見者？

だとしたら、どうしてクビキリについて知らないふりをしていたのか。

何故？

13

『森巣くんのこと、信じても大丈夫かな？』

僕の心の声ではなく、瀬川さんの声だ。

小学校を後にした直後、着信があった。

「どうしたの？　何かあったの？」

「さっき連絡があってね、森巣くんの知り合いが懸賞金を五十万円にすれば、探すのを依頼として引き受けてくれるみたいなんだけど」

「そんな、ひどい、弱みに付け込んで」

「見つからなかったら一円も受け取らない、とは言ってくれているんだけど」

森巣のフォローをするように、瀬川さんが言葉を続ける。

『そこまで森巣くんに頼り切っていいのかわからなくて』

「僕はそんな話も聞いてないし、その知り合いが誰かも……」

混乱していたらいつの間にか通話は終了していた。「まだ信じないほうがいい」と一方的に告げたのは覚えている。

僕に吐いた嘘、突然登場した知り合い、頭の中で疑問が溢れていく。

森巣の連絡先を知らないし、瀬川さんに訊こうかとも思ったが、それは悪手に思えた。

森巣に勘付かれてはいけないと警戒し、手が止まる。

森巣は何をやっているんだ？

森巣を信用していいのか？

猜疑心《さいぎ》を抱えながら闇雲《やみくも》に町を歩いていたら、森巣と別れた交差点に戻って来た。

そこで掲示板が目に入った。町内のイベント情報や詐欺《さぎ》電話の注意喚起のポスターが掲示されている。

あるけど、なかった。

掲示板はあるけど、瀬川さんの犬を探すチラシの掲示がされていなかった。

どうしてここにチラシが貼ってないんだ？

森巣の貼り忘れか？　と思ったが、別れてすぐのこんな場所を見落とすだろうか。だが、しばらく歩いた場所にある次の掲示板にも、その次の掲示板にも、チラシは掲示されていなかった。

森巣はどうして貼り紙をしてないんだ？　立ち止まって考える。

犬探しにもともと興味がないのか？　と思ったが、それなら瀬川さんと現場を見たりする理由がわからない。

犬の居場所がわかったから、探していないのではないか？

でも、どうしてそれを黙っているのだろう。

森巣は怪しい……だけど一体、僕に何ができる？

手にはチラシの束がある。

「僕にできること」

それは、このチラシを貼ることくらいのはずだ。だから、それをするべきだ。

だけど、どうしてだろうか、気持ちが前に進まない。

気づかないふりをするのはいいことか？　と自問する。

「君の勇気を見習わないとな」

僕が森巣に言った言葉が頭の中で蘇《よみがえ》る。あれは口だけなのか？

僕には、堂々と理不尽や悪意に立ち向かう勇気がない。

だけど、それを言い訳にして、黙って見過ごすつもりなのか?

何かあった後に、慰めの言葉をかけることだけが優しさじゃない。

心の針はどっちを向いている?

「決まってる」

犬探しの最善を尽くすのが、最も優しい行動だ。

覚悟を決めて踵《きびす》を返《かえ》す。

僕は事件が起きた袋小路に向かった。森巣はあの場所で何かヒントを得たのだろう。

歪んだガードレールのある道を進み、角を曲がる。そこは例の袋小路だ。左右には塀が、奥にはコンクリートの壁がそびえている。

確かめてみるしかない。

袋小路をぐるぐる歩き回ってから、気持ちを固める。

ふっと息を吐き、ちらちらと周囲を確認してから、右側のクリーム色の家の塀に手をかけ、人様の家を覗き込んだ。

小さな芝生の庭があり、プランターがいくつも並んでいた。名前のわからない観葉植物が育っている。そんな中、プランターの一つがひっくり返っているのが目に入った。

体重を支える腕が軋《きし》む。他にも見ておかなければ、と視線を巡らせる。奥には縁側《えんがわ》があり、カーテンは閉まっている。何か特別なものはなさそうだ。

降りて、今度は反対側《はんたいがわ》の塀に向かう。今の僕は完全に不審者だ。罪悪感を払拭《ふっしょく》するように冷や汗を拭《ぬぐ》い、塀に手をかける。

地面を蹴《け》り、覗き込む。

ワンワンワンワンワンワン！

猛然とした犬の鳴き声が響き渡った。

こちらの家には犬小屋があり、大きな毛玉のような犬がいた。僕を見た途端に、「仕事だ仕事だ！」と吠え始めている。逃げるように袋小路の外に出て、表札を確認すると『セールスお断り・猛犬注意』というプレートがついていた。

左の塀を越えたら、番犬に見つかり、吠えられる。

消去法で考えると、犯人が逃げ込める場所は右の家しかない。倒れていたプランターも気になる。あれは犯人が倒し、そのままになっているからなのではないか。でも、森巣の言う通り、これが計画的な犯行だとすると、犯人は家主にばれずに忍び込めるかどうか、という賭けをしないはずだ。

ふと、閃《ひらめ》きが生まれる。

家主が犯人の仲間であれば、犯人と犬を匿《かくま》えるのではないか？

瀬川さんが探しに来ても、居留守をすればその場ではばれないし、後日訪ねて来られてもしらを切ればいい。

例えばだけど、放り込まれた犬に急いで口輪をしたり、スタンガンを当てれば、大人しくさせることもできる気がする。

これで筋は通る。

ここまで推測をすることができたが、この後、僕はどうしたらいいのか、どこに行ったらいいのかわからず、途方に暮れる。

「ぼーっとして、どうしたんだ?」

突然背後から声をかけられ、心臓が口から飛び出るのではないかと思った。

振り返ると、怪訝な顔をした柳井先生が立っていた。

何故ここに柳井先生がいるのかと固まり、そういえば瀬川さんとはご近所だと話していたなと思い出す。

「犬探しです」

「こんな何もないところを、歩き回って探してるのか? 地道だなあ」

「実は瀬川さん、散歩中に襲われて犬を拐われたらしいんですけど、それがここらしくて」

「襲われた?」

そう言って、柳井先生が何か痕跡《こんせき》でも探すみたいに、目を泳がせた。

「今、家庭訪問をしてきたところなんだが、そんな話は聞いてないぞ」

柳井先生がそう言いながらポケットから折り畳んだ紙を取り出し、まじまじと眺める。

可愛い犬ですよねと思いながら覗き込み、びっくりして紙をひったくった。

『発見に繋がる情報を提供してくれた方には五十万円をお支払い致します』

三十万円が、五十万円になっている。

森巣の要求通りに、金額が上がっていた。

「どうした?」

チラシから顔を上げ、柳井先生を見る。

「先生、僕——」

犬が拐われた一連の流れをもう一度整理する。瀬川さんが犬の鳴き声を覚えていないのなら、やはりこの家の住人が関係している可能性が高い。だが、それだけじゃない。

消えた犯人に関して、一つの推測が思い浮かんだ。

犯人は複数犯、瀬川さんが見た犯人の格好、僕に吐いた嘘……。

「クビキリの犯人がわかりました」

14

柳井先生の家は、事件現場から近いレンガ調の外壁の、庭とガレージ付き一軒家だった。玄関には観葉植物が置かれ、来客を迎える大きな油絵が掛かっている。

「どうした？　職員室じゃないんだから、突っ立ってなくていいんだぞ」

脱いだ革靴を丁寧に揃えて隅に寄せ、用意されたスリッパに履き替えて、おそるおそる柳井先生に続いた。

天井の高い広々としたリビングに通される。

畳より大きいテレビ、両脇《りょうわき》に配置された筒状のスピーカー、革張りのソファ、家電や家具が高価そうなものばかりだ。そんな中に服が雑に積まれた籠《かご》が目に入り、生活感もちゃんとあるなと苦笑した。

オープンキッチンに柳井先生が移動しており、「お茶でいいよな」と声が聞こえた。

「くつろげとは言わんが、リラックスしてくれ」

しばらくして、ティーカップが二つ乗ったトレイを持って柳井先生が戻って来た。

「って、机の上も汚いな。すまんすまん」

柳井先生がそう言ってトレイを置き、テーブルの上に置かれた書類や文房具をまとめて端《はし》に寄せる。

「学校で、先生の家は散らかってたとかみんなに言うなよ」

「言いませんよ」

「もし喋るようなら……」

柳井先生がテーブルの上にあった白い布テープを持ち、ポーズを取る。僕はわざとらしく両手をあげてみせた。「絶対に言いません」

「よかった、口封じをしなきゃいけないところだった」

にっと柳井先生が笑い、文具が集まっているコーナーにテープを置いてカップを取った。僕も倣って青い花模様のティーカップを口に運ぶ。

お茶の風味と共に、ハーブの香りが口の中に広がる。温かくて、落ち着く味をしていた。砂糖を入れてくれているのか、まろやかな甘さがある。

「カモミールティーだよ。心を落ち着ける効果があるんだ」

へえ、あの花の？　と思いながらもう一口飲む。確かに、柔らかい味わいに安心感を覚えた。「先生は一人暮らしなんですか？」

「ああ、両親はハワイ暮らしだ。我が親ながら、悠々自適だよな。父親がパイロットでね。だからこの家も無駄に広い。高校教師じゃ、この家は買えないだろうなあ」

パイロットかぁ、どうりで、と改めて家の中を見回す。どこの国のものかわからない置物や調度品が目についていたので、柳井先生の趣味なのかなと思っていたところだ。

「平は、将来何になりたいんだ？」

カモミールティーの効果なのか、僕は安心し、「実は」と口を開いた。

「誰にも言っていないんですけど、音楽関係に興味があるんです。演奏する側に」

「へえ、そういうイメージがなかったが、でも、音楽部だったもんな」

よく覚えていますね、と驚きつつ、相槌を打つ。

「やりたいことがあるなら胸を張っていいと思うけど、他人の顔色が気になる年頃だよな」

「勇気がないんですよ」

「ないというわけじゃない、勇気が足りないんだよ。人間には欲望があるから、本当は行動をしたいはずなんだ。その欲望に忠実になればいい。まあ、俺も大学に入るまで何になるかは決められなかったんだけどな」

「先生も、パイロットになろうとは思わなかったんですか？」

「ああ、俺はちょっと、な」

「目が悪いからですか？」

「どうしてわかったんだ⁉」

「左右の目の色が違うので。オッドアイって言うんでしたっけ？」と覚えたばかりの言葉を口にする。先生の右目は濃い黒色をしているけど、左目は明るい茶色をしていた。何か理由があるのかな、と思ったのだ。

「よく気づいたなあ。うん、まあその通りだよ。怪我をして、左目が悪くてね。夢が破れたのさ。だから平には後悔をしない人生を歩んでもらいたいなあ」

「そうだったんですか」お気の毒に、と目上の人に言っていいのかわからず、言葉に詰まる。そんな僕の迷いも見透かすように、柳井先生が優しい顔をした。

「欲望って言うと大袈裟ですけど、僕がしたいことはまず、瀬川さんの役に立ちたいですね。犬を見つけてあげたいです」

「じゃあ、本題に移るか。クビキリの犯人がわかったって、どういうことだ？」

柳井先生が椅子に座り直し、真剣な表情で僕を見る。僕も姿勢を正した。

「実はさっきまで六組の森巣と一緒に、瀬川さんから話を聞いていたんです。散歩中に犬が拐われたって話は先生にもしましたよね」

「ああ、さっきな。それがどうしてクビキリと繋がるんだ？」

「実は、瀬川さんから犬を拐った犯人も、僕が図書館で見た奴と同じ、背中に大きくＸＸＸって書かれたパーカーを着ていたらしいんです」

「クビキリの犯人と同じ格好ってことか」

力強くうなずき、あの袋小路に逃げ込み、犯人が消えたことを説明する。

「なるほど。でも、平の言う通りだとすると、犯人はどこに消えたんだろうな」

「それなんですけど、左側の家には番犬がいました。逃げ込めるとしたら右側の家です」

「瀬川の犬の鳴き声は聞こえなかったんだろう？」

「ええ。けど、静かに右の家に移動させる方法が一つだけあります。犯人は一人じゃなかったんですよ。拐った人と、家の住人が共犯なんです。家の住人は犬が放り込まれるのを待っていて、スタンガンとかで気絶させて家の中に連れ込んだんじゃないでしょうか。その後に犯人も続いた」

そして、もう一つ聞いてもらいたい僕の推理があった。

「犯人は森巣だと思います」と喉《のど》まで出かかった瞬間、インターフォンが鳴った。

15

インターフォンのモニターを見て、戦慄を覚えた。

柔和な表情の森巣が映っている。

何故、森巣がここに？　もしかして、瀬川さんに『まだ信じないほうがいい』と言ったことを知り、怒っているのだろうか。

隠れても無駄だ、僕がここにいることはお見通しだとでも言うように、再びピンポーンと音が鳴る。

柳井先生が通話ボタンを押す。「どうしたんだ」

「あの、突然すいません、六組の森巣です。実は、先生にご相談したいことがありまして」

柳井先生が僕を見て、「呼んだのか？」と訊ねてきた。首を横に振る。

壁の時計を確認すると、もう夜の七時を回っていた。

柳井先生はしばし逡巡するような間を置いてから、

「今開けるよ」と玄関へ向かった。

自分の心臓がバクンバクンと動き回っているのがわかる。もうすぐ森巣がやって来る。リビングの扉を睨みながら、落ち着け、落ち着けと自分に言い聞かせる。

森巣は僕を探している。じゃなければ、この家にやって来ることはないはずだ。尾行されていたのかもしれない。

僕が、彼が犯人だとわかったことを、勘付かれたのだろうか。机の上の文具コーナーにカッターナイフやハサミがある。いざとなればこれで牽制《けんせい》をと思ったが、さすがにそんな物騒《ぶっそう》なことにはならないよな、とかぶりを振る。

森巣がやって来る。

そう思った瞬間、扉が開いた。

「平？　どうして？」

森巣は、僕がこの家にいるなんて思いもしなかったと言わんばかりの、驚く顔をした。その反応に白々《しらじら》しいと思いつつ、やあ、と返事をする。

「チラシを貼ってたら柳井先生に会ったから、ちょっと相談に乗ってもらってたんだ。森巣はどうしてここに？」

「俺はここを瀬川に教えてもらったんだよ」

「どうして先生の住所を訊いたの？」

「それはまだ言えない」

はぐらかされ、むっとする。キッチンから柳井先生の「森巣もお茶でいいか？」という声が飛んできた。

「すいませーん、おかまいなく」

森巣が返事をしながら、僕の隣の席に腰掛ける。ぴりりとした緊張感が皮膚を走った。

「ところで、平は何の相談を？」

「ちょっと、進路相談を。あと、犬がどこに消えたのかとか」

「何かわかった？」

「まあ、一応」

「へえ、どんな？」

いや、うんと返事をし、口をつぐむ。ごくりと唾《つば》を飲めば、それが森巣にばれ、緊張していると悟られてしまう気がした。

「ほい、森巣の分」と柳井先生がティーカップを持って戻って来た。カモミールティーの優しい香りが湯気となってふわりと漂う。礼を言って森巣が受け取り、香りを楽しむようにカップを掲げた。

「俺も人望のある教師になったもんだなあ。でもすまん、ちょっとトイレに行ってくるから待っててくれ」

そう言って柳井先生がリビングを出ていく。一緒にいてください、そう思ったけど言葉にはできない。

「それで？」

森巣がじっと何かを確かめるみたいに、僕を見て訊ねてくる。

「あ、いや」

言い淀みながら、今ならまだ引き返せるんじゃないかと尻込みする。今なら「急用が」とでも言ってこの場から帰れるんじゃないか。クビキリなんて物騒な事件と無縁の日に、逃げれば戻れるんじゃないかと、考えが過ってしまう。

だけど、それでいいのか？　と頭の中で声が聞こえた。

今、この場を凌《しの》いでも、どうせ明日学校で会う。

ずっと逃げ続けるのか？　僕はどうすればいいんだ？

柳井先生から、自分自身の欲望に忠実になって行動するんだ、と教わった。クビキリのあった小学校の先生との会話を思い出す。教えたいことと伝えたいこと。柳井先生が僕に教えてくれたことを、僕はちゃんとキャッチできているだろうか？

僕は、困っている瀬川さんと、瀬川さんの犬を助けたい。

逃げたくない。

それだけではなく、奇妙な感情が生まれていた。

僕はこの、得体の知れない同級生と、森巣と正面から向かい合ってみたくなっていた。

ぎゅっと結んでいた唇を開く。

体のどこか、細胞の一つ一つに呼びかけるように、念じる。

湧け、僕の勇気。

呼吸を整えて、森巣を見据える。

覚悟はできた。対決だ。

「森巣、あの袋小路で犯人がどこに逃げ込んだのかわかったんだ」

「本当に？」

「うん、左の家には番犬がいたんだ。ちょっと覗いただけで吠えられたから、逃げ込むなんて無理だろうね。つまり、犯人は右の家に逃げ込んだことになる。家の人間がグルで、待ち受けていたんだよ」

「なるほど、住人が放り投げられた犬を捕まえて黙らせた、と」

「その通り。で、そのことを森巣は知っていたんじゃないの？」

やっと森巣は自分に疑惑の矛先が向いていたことに気づいた様子だ。虚をつかれたように、わずかに目を見開いていた。

いよいよ核心だ、と僕は畳み掛ける。

「森巣、君は犯人の一人で、クビキリにも関わっているんじゃないか？」

さあ、どうなんだ？　とじっと観察する。

森巣の眉がぴくりと動き、表情が強張った。それは指摘されて焦っているというよりも、怒りが噴《ふ》き出《だ》し、顔の筋肉が波打ったかのようだった。

瞬間、森巣の発する雰囲気に飲まれ、プレッシャーを覚える。

呼吸を忘れ、森巣から視線を外せずに固まる。

森巣の表情がすぐに戻り、うっすらと笑みを浮かべた。ふっと部屋の中の空気が緩むのを感じ、今のは何だったのか、幻だったのではないかと思いそうになる。

「どうして、そう思ったんだい？」

体温や感情の読めない、平坦《へいたん》な声色だった。だけど動揺しているのか、森巣の右手の人差し指が、こつこつ、こつこつとテーブルを叩き始めている。

「瀬川さんの犬の賞金について、さっき聞いたよ。森巣は犬の無事を知っているから、賞金を更に釣り上げたんじゃないの？」

「あれは、知り合いに動いてもらうためだよ」

「それだけじゃない。第三のクビキリが見つかった小学校で先生から話を聞いたんだ。森巣が第一発見者らしいじゃないか。君は、クビキリを知らないって僕に嘘を吐いていた」

森巣が第一発見者になった理由は、大切な動物が殺され、それを見つけた人の顔を一番近くで見るためではないだろうか。猟奇的な事件の犯人は、自己顕示欲《けんじよく》の強い人が多いと聞く。だから、動物の死骸だけではなく、自分も目立ちたいと思ったのかもしれない。

こつこつと動く、森巣の右手が止まった。

目と目が合う。

森巣は困ったように笑い、両手を合わせて「ごめーん」と茶目っ気のある声をあげた。

16

「そりゃ疑われて当然だよな。知らないふりをしていた俺が悪かった。本当にごめん！」

森巣は合わせた両手の脇《わき》から、ちらりと申し訳なさそうに窺ってくる。しらを切り通されるか、悪態《あくたい》をつかれるのではないかと思っていたので、この反応には拍子《ひょうし》抜《ぬ》けした。

つい、「いや、こっちこそごめん」と謝りそうになる。

だが、まだ警戒を解かないように踏《ふ》み留《とど》まる。

「どうして知らないふりとか、僕に嘘を吐いてたわけ？」

「クビキリ、嫌な事件だろ？　だから個人的に調べてたんだ。地元で起きた事件だしね。で、平が何か知っているみたいだったから、話を聞きたかったんだよ」

「だったら普通に訊いてくれたらよかったのに」

「学校でクビキリの発見者がいる、っていう噂は聞いてなかった。つまり、自分が発見者だって吹聴《ふいちょう》するタイプじゃないんだろうなって思ったんだ」

確かに、僕はクラスメイトにも先生にも話をしていなかった。うん、そうだね、とうなずく。森巣はばつが悪そうに頭を掻いて、説明を続けた。

「体験談を聞かせてよって言ってくる、初対面の奴なんて野次馬にしか思えないだろ？　相手にしてもらえない気がしたんだよ。ならいっそ、全部知らないふりをすれば、危ない事件が起きてるから注意をしたほうがいいって丁寧に教えてくれるんじゃないかと思ったんだ。俺は嘘を吐いて、平から話を聞き出そうとしていた。認めるよ。本当にごめん！」

そう言って、森巣が深々と頭を下げる。話を聞きながら、もし、と考える。もし「クビキリについて何か知ってるの？」と話しかけられたら答えただろうか。

答えなかっただろう。無防備に見えた森巣にだから、僕は詳しく話をした。

なんだ、と自分の体が脱力していくのがわかる。「でも、嘘を吐かなくてもよかったのに。変に勘ぐっちゃったよ」

「本当に悪かった！　だけど、瀬川の犬はまだ無事だと思うよ」

「なんでそう思うのか、そろそろ説明してくれないかな?」

「それはまだ――」

「ちょっと一方的すぎない? 僕も喋ったんだからさ。フェアじゃないよ」

するか、言うか言うまいか逡巡するように宙を眺めていたが、森巣はわかったよ、と観念した様子で肩をすくめた。

「殺された動物は猫が三匹に、兎が一匹。一匹目はわからなかったけど、二匹目以降について調べたら、共通点があった」

「共通点?」

「小学校で兎の名前を聞いた?」

「聞いたよ。確か、パランだった」

「パランっていうのは、韓国語《かんこく》で青って意味なんだよ。白い兎なのに、なんで青って名前なんだと思う?」

「そんなこと」わからないと言いかけて、はっとした。瀬川さんの犬の名前も、マリンだ。森巣が正解を示すように、自分の目を指差している。

「そう、目だよ。右目だけ青かったから、パランにしたらしい。犯人は、オッドアイの動物を狙ってやってるんだ」

「確かに、僕の見つけた白猫もそうだった」

「偶然、とは思えないだろ?」

確かに、そこには何か意味があるように思える。うんうん、と力強くうなずき返す。

「で、なんで瀬川の犬が生きてると思うのかに戻るんだけど、動物を殺したいと思った時、オッドアイの動物がすぐに見つかるとは限らない。だから、盗んできてしばらく飼育してたんじゃないかと思うんだ。嫌な言い方だけど、ストックだね」

「小学校の兎は、発見までに一週間かかった。だから、マリンちゃんもすぐに殺される可能性は低いってこと?」

「そういうこと」

僕が右往左往している間に、森巣はそこまで見抜いていたのか。競走をしているつもりはなかったけれど、森巣はずっと前を走っていたようだ。能力に対する嫉妬《しっと》よりも、なんだか引き離されていくことへの寂しさを覚えた。

だけど、問題はまだ解決されていない。

「じゃあさ、あの袋小路から犯人はどうやって消えたんだろう?」

「無理だね。そもそも、人間も犬も消えるわけがない」

「右の家に逃げ込んだんだと思うんだけど」

「平、犬はあの曲がり角で拐われてなんかいないよ」

17

もはや、森巣がどこを走っているのかもわからない。

いつまで経っても教科書の同じ問題で躓《つまず》く生徒に接するように、森巣が「説明するからよく聞いて」と優しく話し始めた。

「瀬川は思いっきり突き飛ばされた。かけている眼鏡も外れたと言っていた。犬の鳴き声についてもあやふやなのに、犯人の逃げた先も、パーカーの文字まで覚えていた、これはおかしくないか？」

瀬川さんの眼鏡は結構度が強そうなのは見ていてわかる。眼鏡を外すと、話している相手の顔も見えない、というタイプだ。

「瀬川は、犬と散歩をしながらケーキを取りに行ったと言っていたよね？」

「うん、そうみたいだったね」

ん？　それで？　と視線で訊ねる。

「犬はいつ拐われたんだと思う？」

首を傾げると、思考の整理を手伝うみたいに森巣が解説を続けた。

「犬が拐われた後、のんきにケーキを受け取って家に帰ると思うかい？　もし、拐われた後にケーキを受け取りに行ったんだとしたら、店員は事件のことを知っているはずだ。だけど、店員は事件を気にかけている様子がなかった」

「つまり、犬が拐われる前にケーキを受け取っていたってことか。でも、散歩中だったんでしょ？　その間、犬はどこにいたんだろう？」

「店のそばの電柱にでも繋いでたんだろうね。その間に拐われたんだ。それが真相だよ」

散歩中に犬を店の外で待たせて、ケーキを受け取る。森巣の言うことはわかった。

わかったけど、わからない。

「なんで、瀬川さんは突き飛ばされたとか、犯人が消えたとか、そんな嘘を吐く必要があるわけ？　普通に、ケーキを受け取っている間に盗まれたって言えばいいじゃないか」

森巣が「平」と諭《さと》すように僕の名前を呼んだ。

「平は瀬川のことを、真面目《まじめ》で、みんなに優しい清廉潔白な委員長、そういう風に思ってないかい？」

瀬川さんはまさしくそういう人じゃないか、と思ってうなずく。

「人は見かけによらない。平も言っていたじゃないか」

カフェでそんな話をした気もする。でも、それとこれが関係あるのか。

「今日、瀬川の色んな顔を見ただろ？　瀬川も人間だ。暗い側面も持っている。何故嘘を吐いたのか、簡単な答えさ」

勿体《もったい》をつけずに教えてほしい、と僕は身を乗り出す。

「保身だよ。自分を守るために、嘘を吐いたんだ」

すとんと腑《ふ》に落ち、自分の思慮の浅さに、「ああ」と呻《うめ》いてしまう。

「この町には、動物の首を切るような奴がいることを忘れてないかい？　そんな町で一時的にだけど犬を放置した。家族は、そのことをどう思うかな？」

想像してみてくれ、と言わんばかりの強い目で見られ、頭の中で考えを巡らせる。

小学校の先生は、兎が拐われて不安な一週間を過ごしたと言っていた。クビキリは動物を飼っている人にとって他人事《ひとごと》ではない。事件が起きているような町で、犬を係留するのは無用心だ。

それが家族にばれたら……年の離れた妹からは「お姉ちゃんの所為だ」と非難され、厳しい両親からは「非常識だ」と責められる日々が待ち受けているかもしれない。

「被害者になれば、同情される」

袋小路で取り乱し、泣き崩れていた瀬川さんの姿を思い出す。あの時瀬川さんは、自分の中の罪悪感とクビキリに飼い犬が殺されてしまうかもしれないという恐怖に押しつぶされていたのだ。

「袋小路で犯人と犬が消えたって奇妙な演出をしたのは、賢いね。人はむきになって謎《なぞ》に挑もうとするだろうからさ。犯人の逃走経路を考えなくて済むし、逃亡する犯人の目撃者がいないこともカバーできる」

自分はまんまとその策にはまり、どうやって犯人と犬が消えたのかばかり考えていた。

「パーカーの文字を見たっていうのは？」

「あれは平の訊き方が悪かった。平が犯人は『ＸＸって書かれたパーカーを着た奴だったか？』って訊いたから、瀬川はそうだと答えたんだ。瀬川から言い出したわけじゃなかっただろ？」

思い返すと、確かにその通りだった。

「というのが、俺の考えだね」

森巣の軽やかな声が耳に届く。自分がキーパーをしていて、森巣のシュートしたボールがゴールネットを揺らす、そんなイメージが思い浮かぶ。

「すごい、君は、まるで探偵だね」

「別に、俺は、そんないいもんじゃないよ」

森巣が、遠慮がちに薄く笑う。

僕は困っている瀬川さんのために、足りない勇気を振り絞った。森巣を疑い、挑むように推理を披露した。森巣にどう思われているだろう。それを考えると、顔から火が出そうだった。身《み》の丈《たけ》に合わないことをしてしまった後悔に飲まれる。

「僕は誰の役にも立てなかったわけか」

弱音がぽろりと口からこぼれてしまった。助けようと思って空回り、実際は解決のために一歩も前へ進めていない。

「ごめん、森巣のことを疑ったりして」

「いや、いいんだよ。平は困っている瀬川を放っておけなかっただけだろ？」

「そうなんだけど。僕は、自分がもっと困ってる人の役に立てるんじゃないかとか、君みたいに行動力を持てるんじゃないかとか、心のどこかで考えてた気がするんだ。得意になって、柳井先生にもクビキリの犯人がわかったって的外れなこと言っちゃったよ」

「クビキリの犯人がわかった。そう言ったんだ？」

森巣が急に、神妙な顔をして腕を組んだ。

「思い込んじゃったんだよ、本当にごめん。それより、早く瀬川さんの犬を見つけてあげないと」

「ん？　今、俺は瀬川が嘘を吐いていたって説明したよね」

森巣が意外そうな顔をしたが、嘘はどうでもいいんだ、と首を振る。

「僕はただ、困ってる人を助けたいだけなんだ。君だってそうだろ？」

そう口にしてから、そうだ、オッドアイと言えば、と思い出す。

「ところでさ、人間も狙われる、ってことはないよね？　さっき気がついたんだけど、柳井先生もオッドアイなんだよ」

森巣が鼻先まで持ち上げていたティーカップをゆっくり下ろした。

「平は目が良い。でも、ちゃんとわかっていない」

「え？」

「お前の様子を見た感じだと、どうやら時間はなさそうだな」

背筋がぞくりとするほどの、冷たい表情をしていた。

18

「殴られたことはあるか？」

何を言い出すのか、と訝《いぶか》しみながら、十六年間の人生を回想し、「ない」と僕は答える。

「まずは痛みを知っておけ」

そう言われ、右の頬を殴られた。口の中が切れ、鉄に似たしょっぱい血の味が広がった。痛みに頭が痺《しび》れ、視界と共に脳が揺れる。

「今日、自分が死ぬかもしれないと思うんだ」

混乱し、言葉をつかんで投げる。

「……は、悪い奴なのか？」

口の中が切れているから、呂律が回らず、ちゃんと喋れない。

彼は下らない質問をされた、と言わんばかりに鼻で笑った。

森巣、君は、良い奴なのか？　悪い奴なのか？

わからない。だけど、僕は自分の中にある正しさだけは見失うわけにはいかない。

僕はどうすればいい？

おもむろに森巣は左手の手のひらを僕に向けた。そこには横一文字に、ミミズ腫《ば》れのような線が浮かび上がっている。もう治っているが、いつできた傷跡だろうか。痛々しくて、ぎょっとする。

「痛みを覚えて、目を覚ましておけ」

恐怖心と殴られたせいで、ぐわんぐわんとめまいがする。

「どうして殴った」

「真実を見せてやる。大人しくしてろ、悪いようにはしない」

森巣がそう言った直後、リビングの扉が開き、「お待たせお待たせ」と柳井先生が戻って来た。生徒二人の間に漂う剣呑《けんのん》な雰囲気に気がついたのか、「どうした二人とも」と言って向かいの席に着いた。

「なんでもありませんよ。平の話を聞いていたんです」

森巣が微笑んで僕を見たけど、目は笑っていなかった。釘《くぎ》を刺してきたのだとわかる。

僕は情けないことに、射竦《いすく》められてしまったのか、体が動かない。

「何の話をしてたんだ？」

「平の進路相談ですよ。アドバイスがためになったって言ってましたよ」

「ああ、人生ってのは自分の欲望に忠実になることだ。欲望が行動に繋がる。それが俺の人生哲学でね」

「へー、欲望ですか」

僕はこの茶番に付き合っている暇はない。この状況からどうやって逃げるかだけを考えろ、と自分に言い聞かせる。だけど、殴られたせいか、思考が全然まとまらない。

森巣が、ゆっくりと足を組み、顎に手をやり、じっと柳井先生を見つめる。

芝居染みた動きをし、一体どうしたのかと思ったら、彼の口からとんでもない言葉が飛び出した。

「それで、動物の首を切りたいってのが先生の欲望ですか」

先生が、首を切る？　質問の意味がわからず、僕は更に困惑する。

「ここにある白いテープで、XXってパーカーに貼っていたんですかね。そうすれば目撃者はパーカーの話ばかりするでしょうし。平みたいに」

森巣がテーブルの隅に置いてある白い布テープを手にして、検分するように眺めてから衣類の溜まった籠に放った。そこの一番上には無地の黒いパーカーが無造作に置かれているのが見え、どきりとする。

ぱちぱち、と音がしたので目をやると、柳井先生が感心した様子で拍手をしていた。

目を細め、口角を上げて表情を歪めていく。化けの皮が剝《は》がれ、グロテスクな心を見せつけられているようで、身の毛がよだつ。

「俺は酒癖《さけぐせ》の悪い父親に殴られてね、左目が悪くなってしまった」

柳井先生がそう言って、左目を優しく労《いた》わるような手つきで撫ぜる。

「目を悪くした日に、死んだも同然になった。だが、殺される側なんて嫌だろ？　だから、俺は殺す側になることにしたんだよ。オッドアイってのは、自分を見てるみたいでイライラする。だから殺す。これが先生の欲望だ」

「何が欲望だ」

失望し、声をあげる。

「命をなんだと思ってるんだ！」

勇気が欲しかったら欲望に忠実になれ、と柳井先生は僕に言った。その教えに従って行動したのに。裏切られたことで心が切り裂かれ、血の代わりに悲しみが溢れ出た。

柳井先生は左手を、ゆっくりと自分のこめかみに持っていった。

「よく効いているようだな」

「え？」

「リラックスするお茶だろ？」

19

「強い睡眠薬を混ぜてある。二人とも、自分の呂律が回っていないことに気づいていないだろ」

ぞくりとする。そう言えば、ずっとめまいを覚えているし、瞼も重い。殴られたから混乱しているのかと思っていたけど、そうじゃなかったのか。立ち上がろうと試みるが、上手《うま》くいかない。

「どうりで、身体の調子が……」と森巣がおっとりとした口調で言う。

どうして薬を盛られた？　と疑問が浮かんだ瞬間に、はっとする。「クビキリの犯人がわかった」と犯人に直接言ってしまっていたのだ。迂闊《うかつ》だった。柳井は僕を家に招き入れ、どこまでわかっているのか様子を見ていたのだろう。

もし真相を見抜いていたら、場合によっては、と。

ぶわっと全身から嫌な汗が溢れる。

「さぁ、さっさと眠ってくれ。地下のガレージの準備はできているんだ」

柳井が腕時計を確認しながら、のんびりとした口調で言った。隣にいる森巣を見る。彼もぼうっとした表情で虚空を眺めていた。

ひゅーひゅーと、自分の弱々しい呼吸音が聞こえる。胸が上下しているのがわかるが、そのペースが落ちていくのもわかる。どうしてこんなことになったのだろう。僕は瀬川さんの犬探しを手伝おうと思っていただけなのに。危ない橋を渡るつもりはなかったのに。

……僕は、バカだ。

ここにきて、自分の考えの未熟さに思い至った。クビキリ犯を、悪意の影を見ておきながら、僕はまだ平和ボケしていた。町に潜む悪意に、もっと注意をしていなければいけなかったのだ。

「今日、自分が死ぬかもしれないと思うんだ」

そう考えながら生きていなければいけなかった。あれ、こう言ったのは誰だっけ。意識が混濁してくる。

「二人とも大人しくなってきたな、そろそろか」

僕はこれから殺されるのだろうか。

意識が沈みかけたが、悪を見逃したくない、という思いが湧き上がった。

僕は今まで人の悪意に立ち向かわず、諍《いさか》いにならないよう避けてきた。

が、それは間違いだった。

きっと柳井はこれからも、町にどす黒い染みを落とし続けていくのだろう。このままでは、その魔の手が、僕のように立ち向かう勇気がない者や、大切な家族や友人にも伸びるかもしれない。

僕は、自分のいなくなった後の町を放っておけない。

薄れる意識の中で、僕を繋ぎ止めてくれたのは、殴られた頬と口内の痛みだった。痛みと血の味に集中し、力を込める。

僕は手遅れかもしれないけど、森巣は後から来た分、薬もまだ効いてないはずだ。

最後にできた友人、彼なら、なんとかしてくれるかもしれない。

ちっぽけな勇気よ、僕の体を奮い立たせてくれ。

今が、戦う覚悟を持つ時だ。渾身《こんしん》の力で踏ん張り、立ち上がる。

知ってしまった以上、仕方がない。性分なのだ。

「見て見ぬふりはできないんですよ」

そう言って、僕はそのまま床を強く蹴り、柳井の足に飛びついた。

「逃げろ」

腹の底から声を振り絞る。

「森巣、逃げろ！」

20

柳井に飛びかかり、脛《すね》のあたりに抱きついた。まさに、足止めだ。上擦った声をあげ、柳井が座ったままよろめいた。

が、すぐに「平」と冷笑するような声が頭上から降ってきた。

「お前みたいに他人の顔色ばかり気にしてる人間はな、死んでいるのと同じなんだよ。今更、見苦しいぞ」

瞬間、思いっきり足を振られ、右腕が引きはがされた。

それでも左腕だけはと力を込めたが、追い討ちをかけるように肩を蹴り上げられ、僕は床の上を転がった。

だが、少しは時間を稼げたはずだ。森巣は逃げられただろうか、と視線を這《は》わせる。愕然《がくぜん》とした。

森巣は椅子に座ったままだった。それどころか、姿勢も変えず、驚いたような顔で僕を見ている。何をしているんだ、と焦りが込み上げてくる。「逃げろ」と口を動かすが、聞こえるほどの大きな声はもう出ない。

「次はお前だな、森巣」

「先生、俺たちはオッドアイじゃないけど、いいんですか?」

「知られてしまったからには、生かしてはおけないだろ。お前たちもギロチンで首を切り落としてやるよ」

森巣の口から、ふっと息を吐くのが聞こえた。

「大層なことを言ってたが、結局お前は、弱い者いじめをしたいだけじゃねえか」

室内に、ぴんと糸が張り詰めたような緊張感が生まれる。

「許せないな」

森巣を見て、思わず背筋が凍る。

どこまでも深い闇のような瞳で柳井のことを見据えていた。

「平に『クビキリを見て何を感じたか?』なんて訊いたのは、欲が出すぎたな。教師がする質問じゃないぞ」

森巣の口調とトーンががらりと変わっている。低く、氷のように冷たい声色だった。爽やかさは消《き》え失《う》せ、殺気を纏っている。まるで別人だ。気のせいじゃない。カフェで一瞬だけ見た、あの時の顔をしていた。

「瀬川の犬がオッドアイだと知っていて、係留されてるのを見かけたから連れ帰った、そんなとこだろ」

森巣がゆっくりと立ち上がると、ティーカップを傾けた。床にお茶がびちゃびちゃと音を立てながらこぼれていく。

「一つ、訂正してやる。平は死んでいるのと同じなんかじゃない。死に物狂いで、お前の足止めをしようとした。お前に同じことができるか? 人間が死ぬ時は、恐れに負けて逃げた時だ。現実逃避を続けてるお前にはわからないかもしれないがな」

豹変《ひょうへん》した森巣を見て、柳井が表情を強張らせる。

「俺は一滴も飲んじゃいない。柳井、お前も平の観察眼を見習うんだったな」

森巣は唇の端を上げ、右手を振り下ろした。ティーカップが悲鳴を上げるように音を立てて砕《くだ》け散《ち》る。

柳井が無言で足早にキッチンへ向かった。一体何を？　と思って見つめていると、銃を模した黄色い工具のようなものを握りしめて戻って来た。顔を真っ赤にして、蒸気機関のように鼻息を荒くして森巣を睨みつけている。

「テーザー銃か。珍しいおもちゃの自慢か？」

森巣がからかうような口調で訊ねると、柳井は何か喚《わめ》くように声を荒らげながら、右手に持ったテーザー銃を森巣に向けて構えた。テレビで見たことがある。アメリカの警察官が持っている電流を流す銃だ。

危ない！　逃げろ！　そう頭の中で念じる。

だが、森巣は逃げずに、前進した。

身を屈めつつ摺《す》り足《あし》で移動し、柳井との間合いを詰めていく。

柳井が引き金を引くよりも早く、森巣は左手でテーザー銃を持つ手を弾き、すかさず右腕を振り子のようにしならせた。右の掌底が柳井の顎を思いっきり打ち上げる。がくんと柳井の顔が後ろに反《そ》り、床にひっくり返った。

動きに無駄がなく、大きな力を必要としない、しなやかな攻撃だった。格闘と言うよりも、舞いのような流麗さがある。

「悪党が這いつくばるのは気分がいいな」

森巣が屈み、柳井の胸倉をつかんで睨みつけている。

「ところで、さっき言ってたギロチンってのはなんだ？」

返事をしないでいると、森巣はどしんどしんと柳井の胴体を容赦なく殴りつけた。柳井が身をよじらせ、喘ぐ。僕も短い悲鳴をあげそうになった。

「人を殴るのは好みじゃない。けど、好みじゃないだけだ」

呻く柳井に森巣は舌打ちをし、拳を高く振り上げた。

「待ってくれ！　話す！　地下の、ガレージにある。裏カジノで会った男から買ったんだ。その銃もそうだ。生き物を殺すのはいいぞってあいつに勧められて、それで」

弱々しい声で、柳井が詫びるように説明する。

「裏カジノ？」

「ああ、馬車道にある。本当だ」

「で、そいつの名前は？　どこにいるんだ？」

「滑川《なめかわ》って男だ。でも一度しか会ったことがないし、どこにいるのかは……」

「ごまかせると思っているのか？」

森巣が柳井の頬を平手打ちし、乾いた音と悲鳴が上がる。目の前で行われる暴力に目を背けたいけど、僕は首を動かせなかった。

「嘘じゃない。酔っていたからあまり覚えてないし、道具が家に届いた時は、俺のほうが驚いたくらいで」

「素直に言ったほうが楽だぞ」と更に裏拳《うらけん》で顔面を弾く。

「本当に、知らないんだ！」

「そうか、残念だ。じゃあ、俺からも大事なことを言っておく」

一息吐き、森巣がつかんでいた手を離して立ち上がる。

「絶対に俺たちのことを喋るなよ」そう言うと、落ちていたテーザー銃を拾い上げて構えた。

「言いません！　絶対に！」

柳井が恐怖で表情を歪め、悲痛な声をあげる。

森巣がにこりと笑う。

乾いた音が鳴り、銃の先端から何かが発射され、柳井の体に刺さった。

直後、空気を震わせる音が鳴り、柳井の体が大きく痙攣《けいれん》して床に転がる。しばらく、小刻みに体が震えていたが、動かなくなった。

しんとした静けさに包まれ、全てが終わったのだとわかる。

ゆっくりとした足取りで森巣がやって来て、僕を見下ろした。

「待たせたな。超短時間作用型の薬は、すぐに効く代わりに持続時間が短い。平が動けるようになったら、犬を連れて帰るぞ」

21

初めて会ったマリンは写真で見るよりも愛嬌のある顔をしていた。青い右目は神秘的だけど、この犬の価値は目にあるわけじゃない。

マリンは、自分の首が切り落とされるかもしれなかったなんて、夢にも思っていないだろう。僕たちを先導して歩き、時々無邪気な笑顔で振り返る。口を開けていると笑っているように見えて、こちらの頬も緩んでしまう。

「犬はのんきなもんだな」

リードを握る森巣が、尻尾《しっぽ》を振って歩くマリンを苛《いら》ついた顔で見ている。人格者で、みんなの人気者の森巣はいなくなっていた。

「本当にいいのかな？　あのままにしちゃって」

「警察には通報したたし、別にいいだろ。騒がれると面倒臭いからな。でも、クビキリ犯を捕まえたってなれば、ヒーロー扱いされるかもしれない。戻りたければ一人で戻っていいぞ」

「嫌だよ。あの場所に戻るのは怖いし。それに、あの状態の先生をなんて説明したらいいかわからない」

「俺の名前を出したら殺すけどな」

冗談に聞こえない。

「絶対に、言わないよ」

柳井を椅子に縛り上げてから、固定電話で一一〇番に電話をかけ、「動物を殺している鳴き声がする。クビキリの犯人がいる」とだけ告げて、僕たちは家を後にした。

森巣曰《いわ》く、ガレージには柳井の告白通り、ギロチンと血なまぐさいものが色々あったそうだ。警察が調べれば、簡単にクビキリと結びつけられるだろう、とのことだった。柳井に拳を振るう森巣も怖かったけど、その後の手際の良さも恐ろしかった。

「あのさ、森巣、質問があるんだけど……君って二重人格ってわけじゃないよね？」

「んなわけないだろ。学校じゃ愛想《あいそ》ふりまいてるだけだ。絶対に余計なことは言うなよ。ところで、俺からも質問がある。お前、どうして逃げないで柳井につかみかかったんだ？」

「それは……体が勝手にっていうやつだよ」

「お前は変わった奴だな」

君にだけは言われたくない。

森巣と並んで歩いていたら、自分が胸を張って歩いているような気がした。犬を救い出したことやクビキリの犯人を倒した高揚からなのか、誇らしい達成感が生まれていた。

マリンも興奮しているのか、歩くスピードが速くなる。知っている道だとわかったのだろう。もうすぐ家に着く！　と喜び勇んでいるのがわかる。

森巣が瀬川さんの家のインターフォンを押した。僕はぼうっとそれを眺めていたら、あることを思い出した。

森巣には協力者なんていなかった。

つまり、彼には犬を助ける自信があり、懸賞金を稼ぐために額を釣り上げたのだ。

じわりと額に汗が浮かんだ。

僕は、悪を恐れずに立ち向かえるのは、正義だけだと思っていた。

だけど、悪もまた、悪に立ち向かえるのではないだろうか。

玄関から瀬川さんが現れ、「マリン！」と叫び、嗚咽を漏らしながらマリンを抱き上げた。マリンも千切れんばかりに尻尾を振り回し、瀬川さんの顔をぺろぺろ舐《な》めている。森巣は、彼らのことを作った笑顔で見つめていた。

森巣、君は、良い奴なのか？　悪い奴なのか？　とじっと見つめる。

不意に、森巣が振り返った。目と目が合う。

「秘密、守れるよな?」

森巣が悪魔のような、スマートな微笑みを浮かべた。

強盗ヤギ

1

強盗をする動物ってなーんだ?

強盗、ごうとう、ゴートー、ゴート、というわけで正解はヤギ。

それが理由かは知らないけど、スマートフォンに映っているスーツを着た二人組の頭は、ヤギのマスクですっぽりと覆われていた。マスクはゴム製でリアルな造形をしている。そのヤギ頭の二人組のうち、一人の手には拳銃《けんじゅう》が握られていた。

店の壁には短冊状のメニューが掛かり、テーブルの上にざる蕎麦《そば》が見えることから、ここが蕎麦屋なのだとわかる。

「おっ、もうすぐ四百万いくぜ」

隣の席に座る牧野《まきの》はお弁当のソーセージを箸《はし》でつまんだまま、スマートフォンを僕に向けた。画面の中には、横浜で起きた強盗事件の動画が再生されている。

牧野は羊を彷彿《ほうふつ》とさせる牧歌的な天然パーマの持ち主だけど、ワイドショーじみた野次馬話を好み、学校の昼休みにヤギマスクを被った強盗の話を口にする。

「平、事件だぜ」と興奮気味に語る牧野に悪気はないし、人当たりが良くてひょうきんな彼のことが嫌いじゃないから、僕はいつも話に付き合うことにしていた。

再生されている動画は、強盗事件に居合わせた客の一人がそっと撮影したもので、四百万というのは動画投稿サイトでの再生数のことだった。「すごい数だね」

「強盗が襲うのはコンビニだけだと思ってたよなあ」

「あとは大きい金庫のある銀行とか？」

「そんな映画じゃあるまいし」

冗談のつもりで言ったのだが、呆《あき》れた口調で返されてしまった。

「でもまあ、現実のほうがおかしいことだらけだよな」

「だね」

一月ほど前に担任が逮捕された僕らの言葉には重みがあり、深く深く気持ちが沈む。

蕎麦屋の店員たちも、まさか自分の働く店が襲われるなんて思っていなかっただろうし、人生で銃を突きつけられるなんて考えたこともなかっただろう。気の毒だ。

「蕎麦屋が襲われたのはいつだっけ」

「先週の月曜だな。憂鬱《ゆううつ》な月曜日に、こいつらは張り切ってるのかねえ」

「で、みんな火曜に投稿された動画を見まくってると」

ヤギマスクを被った強盗コンビは、『強盗ヤギ』と呼ばれ、最近メディアで騒がれている。強盗ヤギが現れたのは、今回で三件目だ。バー、パン屋、蕎麦屋、とチェーン店ではない比較的小さなお店ばかり襲われている。

そのうち、二、三件目の事件で、人質になった客が撮影した動画が、動画投稿サイトにアップされている。警察やメディアは、「危険なので撮影はやめてください」と訴えているが、最初に撮影された映像が話題になったからか、蕎麦屋でも客による撮影が行われた。貴重な体験をシェアしたいと思っているのかもしれないけど、犯人を逆上《ぎゃくじょう》させて何かあったらどうするのだろう、とはらはらしてしまう。

「じゃあ、落書きは知ってるか?」

「落書き?」訊ね返すと、牧野が「ほら、最新情報を知らないじゃんか」と弾んだ声をあげた。「仕方ないな、よおく見てろよ」

牧野が画面を指でなぞり、シークバーを動かす。動画が巻き戻された。

画面に強盗ヤギが映し出され、一人が銃を一人がICレコーダーを構えた。『騒ぐと殺す』とICレコーダーから流れる。銃を持った強盗ヤギが移動し、店主にボディバッグを押し付けた。

「ここだよ、ここ！」

牧野が動画を一時停止させ、画面を指し示す。どこのことを言っているのかわからず、目を細めながら画面に顔を近づける。

「壁にほら、見えるだろ、この赤いやつだよ」

凝視する。するとそこには赤い、何かの記号のようなものが描かれていた。×に重なるように○が描かれている。そして、円の周りを囲むように、小さな数字が書かれているのもわかる。大量のアリが這っているように見えて、思わず眉をひそめた。

「これは、蕎麦屋にもともと描いてあったわけじゃないよね」

「ああ、強盗ヤギが残していったんだよ」

そう言うと、牧野はいつの間にか用意していたノートを開いてこちらに向けていた。

ノートには、○と×だけではなく、

『9 59 2 81 47 18 51 305 7 71 90 53 89 28 15』

『53 5 44 37 88 60 38 10 12 43 15 101 8 62』

『96 12 18 33 96 16 131 5 250 44 52 90 8 85 3 42 33 38 35 28 13 17 42 33』

と数字の羅列が書かれている。

「これって？」「書き起こしたんだ」「すごいね」「だろ？」

すごいんだよ俺は、と牧野が謙遜することなく、胸を張る。その熱量をどうして学業に注がないのか、と喉まで出かかる。

「強盗ヤギたちは店員と客を黙らせて、現金を要求しながら、この小さな文字をちまちま書いたわけ？　そんなに時間あったの？」

「いや、あっという間にできるそうだ。シール貼って、その上からスプレーをするステンシルっていう描き方で、グラフィティアートじゃ有名な方法なんだと。時短だよ、時短」

それでも手間だろうに。アーティストのタグのつもりなのだろうか。強盗ヤギ、参上みたいな。

「この○と×はなんだろうね」

「それはな、ゾディアックっていうアメリカの連続殺人犯が使ってたマークに似てんだよ。劇場型犯罪の真似《まね》ってことかもな」

「劇場というか、個人店だけど」

「目立つ行動をしてるから、劇場型でいいんだっつうの。平は細かい」

兄は細かい、と妹によく指摘されるので、そのフレーズには弱い。文句は飲み込む。

「細かいといえば、三つとも書かれてる内容が違うね」

「暗号だよ。ゾディアックと同じだ、挑発してるんだ」

意地でもゾディアックに寄せたいらしい。まあいいけど、と思いつつ、日本の奇妙な強盗犯とアメリカの連続殺人犯に共通するものがあることは、確かに気になった。

「で、暗号の意味はなんなの？」

2

「わからーん」

そう言うと、牧野はそのまま頭の後ろで手を組み、椅子の背もたれに体を預けた。さっきまでの威勢はどこに、と見つめていると、牧野は「だって俺は警察じゃねえもん」とノートを机の中にしまった。もう見せてあげないもんね、と不貞腐《ふてくさ》れた顔をする。

「店に行って確認する人もたくさんいるみたいだぜ」

「お店は落書きを消してないんだ？　証拠だからかな」

「詳しいことはわかんねえけど、そうかもな。でも、消さないんじゃねえかなあ」

「そりゃまたどうして」

「SNSではみんな『行ってみた』ってアップしてる。落書き見物ついでにでも繁盛しているみたいだし、複雑な心境だろうけど、店にとってもちょっとは良いんじゃねえのかな。強盗された店が一番欲しいのは、お金だろ？」

「一番は犯人逮捕の報《しら》せでしょ」

「でも、金だって大事だ」

それもそうだけど、とうなずきながらなんの気なしに教室の中を見回した。

クラスの半分ほどの生徒が教室に残り、お弁当や買ってきたパンを食べていた。ここにいない生徒は、学生食堂に行ったか、部室にでも行っているのだろう。一人で食事をしている人もいるが、教室は休み時間の解放感でそれなりに賑《にぎ》やかだった。

時間が解決したのか、それともごまかしているだけか、と考えを巡らせる。

担任の柳井が逮捕されたことにより、臨時のホームルームや保護者向け説明会が開かれた。事件発覚直後はみんながどう反応していいのかわからないと互いの顔を見合わせていた。柳井は生徒から慕《した》われていたから泣き出す女子もいたし、今までにないくらい真剣な表情で校長の話を聞く男子もいた。

信頼されていた大人が僕らを裏切るような形で消え、お通夜のようなムードがしばらく漂っていたが、今は以前のような光景に戻った気がする。

が、聞き覚えのある音声が耳に運ばれてきた。さっき牧野が再生させていた強盗ヤギの動画だ。いつも寝ている運動部の男子が、談笑しながらスマートフォンを構えていた。

視線を巡らせると、他にも同じ動画を見ているグループが目に入り、自分の顔が強張るのがわかった。せっかく平和になったクラスに事件を持ち込まれたような気がして、不安でならない。

「みんなよく、事件の動画なんか見たがるね」

「地元の変な事件だし、普通見てみたいだろ。グロ要素があるわけじゃなし。ただのニュース、ただの動画じゃんか。目くじら立てるほどのことじゃねえよ」

「別に目くじらを立てちゃいないよ、でも——」

「平の気持ちもわかるぜ。柳井があんなことになったのにとかって思ってるんだろ。でもさ、これが普通なんだよ。事件があったらニュースを見るし、珍しい動画があったらチェックする、だろ？」

「普通」僕は小さく復唱する。ニュースを見るのはかろうじて普通な気がするが、動画を見て暗号を書き起こしたり、被害に遭った店に行ってみるのは普通なのだろうか。

昔の僕は、事件のニュースを見るのも牧野から話を聞くことにも、何の抵抗も不安も感じなかった。だけど今は、自分が責められているような気持ちになる。

僕は、困っている人を放っておけない性分をしている。これまでは町や学校で困っている人に道案内をしたり、迷子のペットを探すのを手伝う程度のものだった。が、僕は人助けをした結果、柳井の起こした事件の調査をすることになり、逮捕にまで関わることになった。

だからだろうか。以前の「普通」には戻れない。今は事件の情報を見ると、「困っているんだ！　助けてくれ！」とメッセージを発せられているような気持ちになり、自分に何ができるだろうかと考えてしまう。そして何もできずに途方に暮れる。

「あー、なんだか蕎麦を食べたくなってきたなぁ」

牧野が気の抜けたことを言うので、「何それ」と思わず吹き出す。

「結構美味《うま》そうだったじゃん。ぐずぐずのかき揚げと一緒に、蕎麦を食いたいなぁ」

そう言いながら牧野はご飯をかっこんだ。不気味な事件に対するその感想は、僕の気持ちをふわりと軽くしてくれた。牧野のこういうところが嫌いじゃない。食べたいね、蕎麦、と返事をする。

「平くーん」

呼ばれ、声のしたほうを向くと、教室の後ろのドアのそばに委員長の瀬川さんが立っていた。はにかむような笑顔を浮かべて、こっちこっちと手招きをしている。

「どうしたの？」返事をしながら箸を置いて席を立ち、瀬川さんの元へ向かう。

瀬川さんが廊下をちらちらと見た。

廊下に誰かが来ている。そう察した瞬間、一人の男子生徒が現れた。

心臓を、冷たい手で握られたような気持ちになる。

彼は、爽やかな笑みを浮かべ、「やあ」と右手をあげた。

白い肌とそれとは対照的な綺麗な黒髪、やや切れ長の目が印象的な美青年。

「平、久しぶり」

森巣良、二年六組の生徒で、容姿が優れているが鼻にかける様子もなく、分《わ》け隔《へだ》てなく人と接し、ユーモアと行動力がある頼れる男子、みんなはそう思っている。

だけど僕は違う。僕は彼の別の顔を知っている。だから、彼から目を逸らして過ごしていたのに、彼は再び僕の目の前に現れた。

一度遊んだ悪魔が、また遊ぼうと有無を言わせずにやって来たようだ。

「ちょっといいかな？　話があるんだ」

僕は彼のことを理解しきれず、怖いとさえ思っている。だけど僕は、彼と再び会ったことで生まれた自分の中にある別の感情に抗《あらが》えなかった。

森巣と話をしたい。

「平、美術室に行こう。あそこは人がいないからね」

人に聞かれたくない話をするということなのだろう。

「平は強盗ヤギって知ってる？」

3

移動中、森巣に話しかけることができなかった。頭の中で言葉を探すが、緊張して何を言っていいのかわからない。元気だったか訊ねても、「元気だったよ」と返されるだけだろう。その後に、なんと続ければいいのか思い浮かばない。

森巣はすれ違う生徒たちから挨拶《あいさつ》をされて、気さくに返事をしていたが、僕に対しては無言だった。ずいずいと歩調を緩めずに進む。結局僕は黙ってついて歩くことに専念した。

二年生の校舎を出て、隣に建つ文化部の部室棟に入る。階段を上がり、四階にある美術室に到着すると、森巣は立ち止まった。首を回すのに合わせて、ゴキリゴキリと音が鳴る。

「悪いな、連れ出して。愛想良くするのは、結構疲れるんだ」

ぶっきらぼうな口調でそう言って、森巣が振り返る。

目つきが鋭くなり、奥歯に挟まってるものを気にするみたいに口を動かしている。顔の筋肉のストレッチをしているようだった。好青年の笑顔を維持するのは大変らしい。

そっと美術室を見回す。

ほんのり甘い油絵の具の匂《にお》いがする。昼休みだし、てっきり中には誰もいないと思っていたのだが、女子生徒が一人いた。こちらに背を向けて席に座り、キャンバスに向かって絵筆を動かしている。大きなヘッドフォンを着けているからか、僕らが入ってきたことに気づいていないようだ。

「彼女は？」

「霞《かすみ》のことは気にしなくていい」

そう言って、机の上にどかりと座った。

霞という名前に聞き覚えがあるが、思い出せない。

僕は躊躇しつつ、一番近くにあった椅子を引いた。離れているところに座ったからか、森巣が不思議そうな顔をする。が、すぐにどうでもいいかと眉を上げて、僕の顔を見た。

「寂しかったぞ。どうしてすぐに会いに来なかった」

「それは、担任が替わったりして、その、クラスもばたばたしていたから……」

「冗談だ」

冗談？　何が？　と逡巡し、寂しいと言ったことかと納得する。うろたえる僕を見て、森巣がおかしそうに笑った。

「そう身構えるなよ。平が俺のことで騒いだら口封じをしなきゃいけないと思っていたから、俺は安心してるんだ」

「口封じ」

「冗談だ」

森巣が振り上げた拳を柳井の顔や腹に叩き込む姿を思い出し、顔が強張る。

緊張している僕を見ながら、森巣が「さて」と合図のように手を叩いた。

「次は強盗ヤギをやるぞ」

小学生がドッジボールをやろうと誘うような言い方だったので、「うん」と反射的に答えそうになる。

が、わけがわからず、眉根《まゆね》に力がこもる。

でもすぐに、またからかわれているのだと気がついた。

「強盗ヤギもやっつけるわけ？」と軽口を返す。

「やっつけるって言い方はガキっぽいな。でも、まあ、そうだな。やっつける」

森巣がにやりと、八重歯を覗かせる。

「……もしかして、冗談じゃないの？」

「俺が冗談を言うと思うか？」

「さっき言ったじゃないか！」

「言ったか？」

「言ったよ！　二回も！」

「あー」と漏らし、言った言った、と愉快そうに声をあげる。

森巣の言動は何が本当で何が嘘なのかわからない。悪戯《いたずら》に弄ばれているようで、さすがにむっとする。

「謎を解けば金になることもあるが、今回はどうだろうな。おい、霞。暗号は解けたか？」

森巣が声を飛ばすと、ヘッドフォンをして絵を描いていた女子生徒が体を捻《ひね》り、こちらを向いた。彼女を見て、僕は思わず「あ」と声をあげてしまう。彼女は僕を見て目を剝き、慌てた様子でヘッドフォンを外した。

長い艶《つや》やかな髪に大きな瞳、凜《りん》とした眉がすっと伸びていて、大人びた顔つきをしている。華があり、同じ制服を着ているのに、同級生の女子からは感じない気品のようなものが滲《にじ》み出《で》ていた。

「話があるから、連れて来たんだ。ここは人がいないだろ?」

「わたしがいるんだけど」

「問題はないだろ」

「ないけどさ。珍しい、っていうか、え、初めてじゃない? もしかして、彼が?」

「そうだ。平は霞のことを知っているよな?」

森巣に言われ、僕は「もちろん」と大きくうなずき返す。僕は彼女のことを知っているし、大袈裟ではなく、全校生徒が知っているのではないだろうか。「知ってるよ」

小此木《おこのぎ》霞《かすみ》さんは、三年生で、この学校の生徒会長をしている。生徒会では地域の老人ホームや養護施設との交流も行っており、地方紙にも載ったらしい。全校集会で表彰されているのを見たこともあった。

「初めまして、平くん。三年の小此木です」

にこりと笑って挨拶をしてくれたので、「二年の平です」と慌てて返事をする。小此木さんは口元をにまにまと緩め、森巣に視線を移した。

「良ちゃん、やっと友達作る気になったのね」

「友達なら、たくさんいるぞ。休み時間にでも、教室を覗きに来るといい」

「あれはごっこでしょ？　上辺だけの作り笑いで」

やれやれと言わんばかりに小此木さんがかぶりを振り、再び僕を見た。美人に見つめられてどきっとしつつ、笑みを浮かべる。「作り笑い！」と指摘されないかと心配になったが、小此木さんは僕を慰めるような顔になった。

「色々と大変だったみたいね。怖かったでしょう」

「そうですね。でも、僕は何も」と返事をしながら、はっとして森巣を見る。僕は柳井の逮捕に貢献したが、その件について、目立ちたくない、秘密にしておいてくれ、と森巣に口止めされていた。僕は秘密を抱え、その重さに苦しんでもいた。

「喋ったわけ？」

「大丈夫だ。霞から秘密が漏れることはない」

悪びれる様子もなく、森巣がさらりと言う。

「自分だけ、ずるいじゃないか！　誰にも言えなくて、僕がどれだけ苦しんでたか！」

「おっ、ちゃんと約束を守ってたのか、偉いな」

「偉いな？」

「感心したぞ」

「見直した？」まったく、なんて言えば満足なんだ。意外と面倒臭い奴だな」

顔をしかめる森巣を見て、呆気に取られ、思わず口が開く。が、金魚のようにぱくぱくと動くだけで、森巣を反省させられるような文句は思い浮かばなかった。

ので、思わず縋るような気持ちで小此木さんを見てしまった。

「ごめんね、良ちゃんって基本的に顔以外悪いの。怒りっぽい、腹黒い、性格も口も酷い」

「おいおい、聞き捨てならないことを言うなよ」

「わたし、間違ったこと言った？」

「俺は頭も良い」

やり取りを見ながら、この二人の関係はなんなのだろうか、と気になった。互いに名前で呼び合っているし、「二人はどういう？」とおそるおそる訊ねてみる。

「改めて考えると、なんだろうね。わたしは優しいお姉さん的な？　優しいし、懐《ふところ》が深いし情に厚い、お姉さん」

「ただの腐れ縁だな」

「腐っても、縁」

縁、という言葉はなんだか力強く、二人の関係がガッチリと結びついている擬音のように思えた。お付き合いしている雰囲気ではなさそうだが、ここでふと、ある疑いが急浮上してきた。

「小此木さんも、もしかして、性格に裏表があったりするんですか？　森巣みたいに」

ぷっと穴が開いたような音がし、その直後、森巣の豪快な笑い声が美術室に響き渡った。腹を押さえて体を揺らし、息苦しそうに悶《もだ》えている。

「平くんがすっかり人間不信になってるじゃない」

「担任が動物を殺す変態だったんだ。無理もない」

「それだけが原因じゃないと思うんだけど？」

その通り、と僕は力強くうなずく。僕を大きく混乱させているのは君だ、犯人はお前だ、と告発するような気持ちで森巣を見据える。が、当然のように無視される。「そんなことより」と森巣は体を捻って小此木さんに向き直った。

「霞、あれは解けたか？」

「あれ？　ああ、あれね」あれあれ、と小此木さんが弾むように口ずさみ、制服のポケットに手を入れながらこちらにやって来た。

「早かったじゃないか。頼んだのは昨夜《ゆうべ》なのに」

「おかげで寝不足」

何の話をしているのだろうか、と覗き込むと、ルーズリーフに五十音表やアルファベット、数列や記号の表が書き込まれていた。その表のそばに、見覚えのある○×マークが書き込まれている。

「これって?」「そうだ」

「解けたんですか?」「うん」

解けた解けた、と小此木さんが朗《ほが》らかにうなずく。

4

小此木さんは、世間の注目を集めている事件の、重要な暗号を解いたらしい。が、得意げな様子をおくびにも出さず淡々としていたため、自分が話題を勘違いしているのではないかとさえ思ってしまう。

だから、「強盗ヤギのやつ」と小此木さんが言った時、「やっぱり!」と興奮して声をあげてしまった。

「強盗ヤギが好きなのか?」

ミーハーな奴め、と呆れるような口調で森巣に言われ、「そういうわけでは」と弁解する。

「銃で脅してお金を奪うなんて、最低だ。森巣だってそう思うだろ?」

「俺は別に、強盗や犯罪者自体は嫌いじゃない」

「前に弱い者いじめは許せないって言っていなかったっけ?」

「ブッチとサンダンス・キッドも、ボニーとクライドも弱い者いじめはしてないだろ?」

同級生について語るように外国人の名前が会話に出てきたので、誰? と困惑する。すると森巣は、「観《み》てないのかよ」と大袈裟に顔をしかめた。

「『明日に向って撃て!』と『俺たちに明日はない』だ。映画は最高の教科書だぞ」

「わたしもその映画知らない」

「生徒会長が聞いて呆れる。知識がない、とバカにされるぞ」

「そんなバカの相手はしないので結構です」

ふん、と森巣は口をへの字にしたが、小此木さんから受け取ったルーズリーフを眺め、満足そうにうなずいた。海賊が宝の地図を眺めて悦に入るような、悪人面になっている。

野次馬的だと思いつつ、呼び出されたのだから僕にも権利があるとも感じ、森巣の持っているルーズリーフを覗き込む。暗号が解けたという話は、観たことのない映画の内容よりも気になった。

紙には、例の○×のマークと、綺麗な文字が書かれていた。赤い文字で数字の羅列が、その下には青い文字で英文が整列している。

『9 59 2 81 47 18 51 305 7 71 90 53 89 28 15
Brian bakes bread』
『53 5 44 37 88 60 38 10 12 43 15 101 8 62
Ron eats noodles』
『96 12 18 33 96 16 131 5 250 44 52 90 8 85 3 42 33 38 35 28 13 17 42 33
Robert found beatlessapple』

青い英文は、ちゃんと意味が通じるものになっていた。

「これ、小此木さんが解いたんですか？」

「そうよ。大したことはしてないけど」

「いやいや、すごいですよ。僕にはただの数字にしか見えなかったですもん。どうやって解いたんですか」

「これは、書籍暗号っていう方法で、鍵になる文章の単語に順番通り番号を振って、その数字と単語の頭文字を繋げればわかるのよ」

小此木さんが滔々《とうとう》と教えてくれているが、理解はできなかった。僕はなるほど鍵ですね、とわかっていないくせに、曖昧にうなずく。

僕の心中を察してか、小此木さんが諭すような口調で続けてくれた。

「例えば、暗号が2、3、1だとして、鍵の文章がMorisu and Taira. だとすると、1が

Ｍ、２がＡ、３がＴだから、答えはＡＴＭになる。簡単でしょ？」
説明を受け、頭の中で鍵が外れていくようだった。

「でも、鍵になる文章がわからないと解読できないですよね？　それはどうやって？」

「ビール暗号って呼ばれてる暗号文が、これと同じパターンで一つ解読されていてね、それと同じ『アメリカ独立宣言』が鍵の文章なんじゃないかなと思って試してみたら、ビンゴだったわけ。そのうち、気づく人も出るんじゃないかな」

「もしかして、暗号を一文字ずつ照らし合わせたんですか？」

解読方法がわかったとしても、気が遠くなりそうだ。小此木さんは、「まあ、一応」と答えてから、はっとした様子で森巣を見た。

「面倒臭そうだから、わたしに任せたんでしょう！」

「信頼しているからに決まってるじゃないか。それに好きだろ、そういうのを解くの」

「まあ好きだし、スッキリはしたけど」そう言って簡単に森巣を許す小此木さんを見ていたら、二人はなんだか仲の良い姉弟に見えた。

「だけど、これってどういう意味なんでしょうね」

「ブライアンはパンを焼く、ロンは麺《めん》を食べる」

詩を読み上げるように、森巣が口にする。よく通る声をしているので、何か哲学的な深い意味があるようにさえ思えた。

こつこつ、こつこつと規則正しい音がするので何かと思えば、森巣が机の上を叩く音だった。人差し指から小指までを順に、ピアノを弾くみたいに動かしている。前にも見たな、と思い出す。彼の考える時の癖なのかもしれない。

「霞、この解読は合ってるのか？」

「と、思うけど、どうして？」

「カブトムシのスペルが違うし、sの一つが所有格だとしても、カブトムシの林檎《りんご》ってのは——」

「え、本気で言ってる？」

森巣が指を止め、小此木さんを一瞥してから視線を僕に移した。僕も小此木さんの解読文は正しいと思ったので、意見を口にする。

「カブトムシじゃなくてビートルズで合ってるんだよ、それでアップル」

森巣はきょとんとした。小此木さんが「わからないのかな？」と嬉しそうに声をあげた。

「知識がない、ってバカにされちゃうよ？」

「根に持つとは性格が悪いな」

「見かけによらないでしょ？」

不毛だ、と森巣が口を尖らせ、説明を催促するように手招きしてきた。求められ方は癪《しゃく》だが、教えてあげることにする。

「ビートルズが作ったレーベルがアップル・レコードって言うんだよ。そのシンボルマークが、林檎なんだ」

「アップル・レコードねぇ」と興味がなさそうに言った。映画の話をしていた時の熱量はない。

「一応教えておくけど、ビートルズの映画もあるよ」

「『ビートルズがやって来るヤァ!ヤァ!ヤァ!』なんて名前の映画、観る気は起きないな」

僕と話をしながら、森巣はスマートフォンを操作していた。画像検索でもかけていたのだろう。バンド名が書かれた青リンゴが表示されているはずだ。

「グラニースミスという種類の青リンゴなのか」

「品種までは知らないけれど」

「日本じゃ珍しいみたいだぞ」

知ってました？　と訊ねるように視線を向けると、小此木さんも首を横に振った。

小此木さんによって、強盗ヤギの暗号文の解読はできた。だけど、誰にもその意図がわかっていない様子だ。各々が考え込み、美術室が沈黙に包まれる。

なんとなく、次に口を開いた人が正解を言わなければいけないような雰囲気になった気がする。ので、僕は所在なく、二人が何か言うのを待つことにした。僕はお昼ご飯を食べていないから、お腹も空《す》いているし、頭も回らない。

「糖分が必要だな。放課後に甘いもんでも食べに行こう」

森巣がそう提案し、正解、と思って僕は条件反射でうなずいてしまった。

5

正解、と思ったのは、空腹が原因の気の迷いだったのではないか。

あのまま美術室でぼうっとしているのが嫌だったから、切り上げたかっただけな気もする。強盗ヤギにまつわる問題を先送りにしただけだし、そもそもその問題は僕に関係がない。

それに、森巣と小此木さんと僕の三人で行くのだとばかり思っていたのに、小此木さんは「わたしはパス」とあっさり言ったので驚いた。「だったら僕も」と言えばよかったのにタイミングを逃し、言い出す勇気がなかった。

午後の授業を受けながら、森巣に「急な用事が入った」と言って帰ろうかとも思ったけど、一度した約束を嘘で破るというのはなんだか悪い。付き合うべきか？　そもそも森巣は何がしたいんだ？　やっつけると言っていたけど本気なのか？　そんなことをぐるぐると考えていたら、すぐに放課後を迎えてしまった。

「平どうしたよ、浮かない顔して、変だぜ」

「牧野はあんまり仲良くない人から、二人きりで甘いもんでも食べにいこうって誘われたらどうする？」

「相手の顔による」

「顔はケチのつけどころがない」

「じゃあ行く。ちなみに巨乳？」

「巨乳じゃないけど」

「巨乳じゃないのか」

「命の恩人ではある」

「それ、何の話だ？」

怪訝な顔をする牧野に、なんでもない、とかぶりをふる。

久々に森巣と話をしたけど、正直まだ全然彼のことは計り知れない。気を許して良いのか悪いのか、判断に悩む。でも、小此木さんが森巣の振る舞いを許しているのも気になった。

「じゃあ、ちょっと行ってくるよ」

親指を立てる牧野に手を振り、教室を後にする。

森巣を迎えに六組の教室まで行くと、廊下にまで賑やかな声が溢れ出ていた。

そっと扉の脇に立ち、中の様子を確認する。生徒たちが部活や下校で教室から出ていく中、いつまでも教室に残っているグループがいた。案の定、その中心には森巣がいる。

仮面優等生の森巣は、クラスメイトとどんな話をしているのだろう、と少し観察してみる。色黒の男子が構えるスマートフォンをみんなで眺めていた。目を爛々《らんらん》とさせ、好奇心を顔に浮かべている。

雰囲気でわかった。強盗ヤギの動画を見ているのだろう。

森巣はなんだか退屈そうだなと眺めていたら、爪《つめ》から視線を離した彼と目が合った。ほんの一瞬だったけど、表情が険しくなったので、僕はさっと廊下に身を隠す。

盗み見るとは行儀が悪かったかな、と後ろめたさを覚えたが、やって来た不機嫌そうな森巣の発言を聞いたら、罪悪感は吹き飛んだ。

「廊下でぽつんと何してたんだ？　さっさと呼びに来いよ。連絡先を交換したんだから、連絡をくれてもよかったんだぞ。文明の利器を使いこなしてこその文明人だろ」

「いやあ、良ちゃんがクラスで友達と仲良くしてるか見てたんだよ」

森巣がにっこりと張り付いたような笑みを浮かべた。

逃げられないように右手が顔の横に置かれ、身構える間もなく森巣の顔が接近してくる。

柔らかそうな猫っ毛が揺れ、長い睫毛《まつげ》が見える。

「次にそう呼んだら殺す」

耳元で囁くと、森巣はぱっと身を引いた。微笑んでいるが目がギラギラとしていた。

ばくんばくんと心臓が動くのを感じながら、良ちゃんと呼ぶのだけは二度としないでおこうと心に誓う。

「見てたけどさ、そっちのクラスでも流行ってるんだね。強盗ヤギ」

「ああ、今はどこにいても持ち切りだね」

「なんだか最近はずっと、教室にいても不気味なものに囲まれてるような気持ちになるよ」

「強盗ヤギの動画をみんなが見てるのが不安なのか」

「……そうだね。みんなが次の動画、次の犯罪を楽しみにしているみたいで」

平和な日常が強盗ヤギの動画によって蝕《むしば》まれていくように感じていた。蝕まれ、どうなるのかはわからないけど、それが健康的ではない予感はする。悪意が転がり続けて巨大なものになり、それが手のつけられないものになってしまうのではないかと、怖かった。

「森巣はどう思う?」

「人間はもともとそんなもんだろ」

声色が変わった。明るさが失《う》せ、淡々とした口調に変わる。駅に向かうにつれ、生徒がいなくなったからか表情も変わっている。爬虫類《はちゅうるい》のように冷酷、とまでは言わないけど、獲物を狙う猛禽類《もうきんるい》を彷彿とさせる精悍な鋭さがあった。

「だけど、鬱陶《うっとう》しいし、目障《めざわ》りだな。許すかどうかは別問題だ」

語気が強くなり、なんだか物騒な気配がする。許さなかったらどうするつもりなんだ？ 疑問だったけど、訊ねなかった。その答えを知りたくなかったからかもしれない。けど、僕はまた事件に巻き込まれ、それを知ることになる。

6

「空いててよかったな」と森巣は店の隅の席に座った。

椅子に座り、足を休められることは僕も嬉しかった。椅子は小学校の教室にあったような木製のもので、硬く、座り心地も良くはない。それでも、文句はなかった。

「空いているのは、もう夜だからだよ」足を投げ出すように伸ばす。じんわりと足の筋肉がほぐれていくようで、気持ちが良い。

放課後、すぐに森巣の行きつけの店に連れていってもらえるのだとばかり思っていた。が、横浜駅で小此木さんから頼まれた油絵の具を買いに行ったり、レンタルビデオショップに入り、二人で見たことのある映画の話をしていたら、あっという間に日が暮れた。

腕時計を見ると、もう夜の八時を過ぎている。学校を出たのが四時頃だから、森巣に付き合い、四時間弱も歩き回っていたことになる。歩き疲れたから甘いものではなく、がっつり胃に溜まる何かを食べたいなあ、とみんな何を食べているのか確認する。

少し離れた、店の中ほどのテーブル席に、赤いカーディガンを着た若い女性客がこちらに背を向けて座っている。入口近くの一人席には、瘦身《そうしん》でグレーのスーツを着た男性客がいた。二人とも、ドリンクを楽しんでいるようだった。

座席は二十席ほどあるけど、僕らの他にお客は二人だけだ。店が広すぎるような気もするし、客が少なすぎるような気もする。

店の中は焙煎されたコーヒーと仄《ほの》かなバターの香りはするけど、肉が焼ける音や何かを煮込む匂いはしない。

「で、このお店は何が美味《おい》しいの？」

「さあな」

「初めて来るみたいな口ぶりだね」

「初めて来るからな」

文句は別にないけど、じゃあどうしてわざわざこの店に、と気になった。

横浜駅から元町《もとまち》に移動し、森巣は「こっちだ」と商店街の一本奥の路地へ、「こっちだ」と更に奥へと歩いていった。言われるがままに進むと、お店がなくなり、閑散とした夜道になり、一軒家やアパートが並ぶ住宅地を進んでいた。

一体どこに行くつもりなんだろう、ときょろきょろ視線を泳がせながら進んでいたら、「ここだ」と森巣に呼び止められた。『ル・セレクト』と書かれている立て看板と、ドアプレートの『OPEN』の文字に気づかなければ、ただの古民家にしか見えないお店だった。知る人ぞ知る、という言葉がぴったりで、それは控《ひか》えめというよりも地味という印象を受けた。

店内は整然としているが、ただ装飾品がないようにも見える。ギターが壁にかかっているのが目に入り、眉をひそめる。僕はギターが装飾品のように壁にかかっている店を見ると、ギターが磔刑《たっけい》にあっているように感じてしまう。ギターは弾いてあげてなんぼだ。

スマートフォンを操作し、『ル・セレクト』という店の名前と場所で評判をチェックする。口コミサイトでヒットしたものを見つけると、レビューが二つだけで星は2だった。

流行っている感じはしないし、半年前に書かれた「オープンしたようなので買い物帰りに寄りました。値段はやや高め。コーヒーは普通」とだけ書かれたレビューは、素朴な感想なのか悪口なのか判然としない。

「俺はグラニースミスを使ったアップルパイにするが、平はどうする？」

「グラニースミス？　ビートルズの？」

「ああ、それでこの店にしたんだ。強盗ヤギで確かめたいことがあるからな」

「暗号に出てきたものを食べながら、推理しようってわけね」

「推理じゃない、今日は調査だ。横浜にもグラニースミスを使ったアップルパイを出すチェーン店はあるが、個人で作っている店は少ないらしい」

「どっちでもいいよ、早く食べよう」

森巣がカウンターに向けて手を振る。

奥にはカウンターと厨房《ちゅうぼう》があり、そこに立っていたオーナーと思しき中年男性が、僕らを見て嬉しそうに眉を上げてやって来た。恰幅《かっぷく》がよく、黒いエプロンがなんだか苦しそうに見える。額の皺と大きな目が印象的で、パグを彷彿とさせた。年齢は、四十代くらいだろうか。

「ご注文はお決まりですか？」

「青リンゴのアップルパイとブレンドを二つずつ」

「かしこまりました」オーナーが伝票にペンを走らせた。そのまま戻らず、立ち止まっているので、どうしたのだろうか？　と顔を見上げると、遠慮がちな顔をしつつ、森巣の顔をちらちらと見ていた。

「あの、お客さん、もしかして……」

7

「初めていらっしゃいましたよね。このお店はどうやって？」

オーナーが、おそるおそるといった様子で訊ねてきた。

「ああ、それは、珍しいアップルパイを食べられると聞いたので」

「そうなんですよ、うちではグラニースミスを使ってるんです。こだわりなんですよ」

誇らしそうに胸を張ってから、「すぐお持ちしますね」と、オーナーがそそくさとカウンターの中に戻っていく。

手持ち無沙汰《てもぶさた》になり、気まずい沈黙が生まれた。牧野とであれば、一方的に喋ってくれるので楽なのだが、森巣とはまだ何を話していいのかわからない。森巣もどこか落ち着かない様子で、店内に視線を泳がせている。

「映画に詳しいけど、いつから観てたの？」

「それは本当に興味があるのか？」

「世間話だけど、僕らはお互いのことをよく知らないじゃないか。特に森巣は、学校では好青年ぶっているし、少しくらい森巣のことを教えてほしいんだけど」

理解できない相手と一緒にいるのは少し怖いんだ、という気持ちもあったが、それは口にしない。半《なか》ばまくし立てるようにそう告げると、森巣は言おうか言うまいか逡巡するような間を置いてから、ゆっくり口を開いた。

「子供の頃、住んでいたアパートの大家が契約をしていたからCSが映ってな、俺はそれをずっと観ていた。飯を食う、トイレに行く、呼吸をする、と同じくらいの役割だったな。いや、飯は全然出てこなかったから、映画のほうが栄養をくれたかもな」

子供の頃からずっと観てたのかと合点《がてん》がいったが、聞き捨てならないことが話に出てきた。「ご飯が出てこなかった？」

「ああ、だから自分でなんとかしていた。気分で子供を殴る父親だったから、文句も言えない。育児放棄と虐待、よくある話だ。腐った家だった。冷蔵庫の中身も腐っていたしな」

飄々とした口ぶりだった。だからすぐにまた、「冗談だ」と続くのではないかと待ってしまう。森巣がすぐに、くっくっくと肩を揺らしながら笑い始めたので、ほっとする。

「強盗にも同情されるくらい、酷い家だった」

「強盗？」と僕は首を傾げる。

「家に強盗が来たんだ。それで、金目のものを盗むついでに、親をボコボコにしてくれた。俺が復讐《ふくしゅう》する気が失せるくらい、壮絶にな。その時に、『ここは酷《ひで》え家だな』って慰められたよ」

「それは、良い話なのか、悪い話なのか」

「良い話だ。児相から逃げ回ってた親が病院送りになったおかげで、俺は他所《よそ》に行くことになったからな」

森巣は結果的に悪人に、ルールの外にいる人間に救われた、だから彼自身もルールを無視した行動を取るのかもしれない。行動原理の一端を垣間見《かいまみ》たような気持ちになるが、複雑だ。

「うちも、父親がろくでもない人間だった」

促されたわけではないのに、口をついていた。

「子供の頃、妹が歩けなくなって、厄介だ、面倒だ、と思って逃げ出したんだ」

おまけに、他所に女の人との関係を作っていたというのもうっすら知っている。大切な人間関係を無責任に放り出す、そんな大人にはなりたくない。父親代わりになれるなんて思っていないけど、妹には君のことを放り出す人間ばかりじゃないよと体現して伝えたい。

小さい頃の記憶だし、僕は父親の顔も覚えていない。母親も許していないからか、悪影響だと思っているのか、写真を一枚も残していない。父親は消えたけど、恨みだけは家の底に、ずっと沈殿しているように感じる。

「父親が憎いのは、俺たちの共通点だな」

おかしいけど、確かにそうかもしれない。僕らは傷ついた。だからこそ、何かを守りたいという気持ちは、共通しているのではないかと思う。

「あのろくでなしに一つだけ感謝してることがある。あいつは俺を不死身にした」

森巣が口元を歪めてシニカルに笑い、左手をこちらに向ける。ピアニストのような長く細い指が綺麗で見惚《みと》れそうになるが、手のひらを見てぎょっとする。人差し指の付け根あたりから、斜めに一線、ミミズ腫れのようなものが浮かび上がっている。

柳井の家でも見せられたな、と思い出し、「どうしたの、それ?」と質問する。

「包丁で切りつけられた時に、庇《かば》ったらこうなった。おかげで、生命線に終わりがない」

親が子供に向かって包丁を振り下ろした、話を聞いただけで頬が引きつる。嘘ではないということを、痛々しい傷跡が雄弁に語っている。

「まさか、それで、不死身?」

そうだ、格好良いだろ、と自慢するように森巣が手のひらをひらひらさせる。

「言いにくいんだけどさ」

「なんだ」

「そこは生命線じゃないよ」

きょとんとし、初めて素の表情を見せたようだった。

「生命線ってここだよ」

自分の手を向けて説明する。森巣が僕と彼の手を交互に見た。

「マジでか？」

「マジでだよ」

森巣が、「おいおい」と漏らしながら、「最悪だな、あのろくでなしは、良いこと何もしなかったのかよ」と口を尖らせる。

「生命線短いし、やっぱしておくか、復讐」

落胆し、肩を落とす森巣を見ていたら、なんだかやっと親近感を覚えた。そして僕はずっと言いそびれていたことを伝える決心をする。それが今回、森巣に付き合うことにした大きな目的の一つだ。

口の中が渇いていることに気がついて、水を一口飲んでから、口を開く。

8

「助けてくれてありがとう」

森巣がグラスを持ったまま固まり、不思議そうな顔で僕を見てくる。

「柳井の家で、森巣が助けてくれなかったら、僕はどうなっていたか。もっと早くに、お礼を言いに行くべきだった。ごめん」

やっと言えた。森巣に向き合ってお礼を言わないで日常を過ごすことに、ずっと心苦しさと罪悪感を抱いていた。

「ああ、あの時のことか。あれは……」森巣が目を細め、思い出し笑いを嚙み殺すように、肩を震わせた。

「予想外だった。まさか、平が俺に挑んでくるとはな」

かっと自分の耳が熱を持つのを覚える。見当はずれの推理をし、「君が犯人だろ」と問い詰めたのは、思い出しても恥ずかしい。

「邪魔にならなかったし、問題はない」

「そう言ってもらえたら」大きく息を吐き出し、「気持ちが楽になる」と続ける。

「突っかかってきたのは若干むかついたが、あの時柳井に立ち向かった平は、勇敢だったぞ。それよりも、柳井に殺された動物たちの無念を晴らせなかったのが残念だ。殺された犬のためにマフィアを壊滅させる映画もあるのに、現実の俺は力が及ばなかった」

「逮捕はできたじゃないか」

「逮捕は刑務所にぶち込むための手段だが、あれが最善だったかは、未だに悩ましいな。動物は死んだのに、柳井は塀の中で生きていくなんて」

「まあ、気持ちはわからないではないけど」

人間であろうと、動物であろうと、命は命だ。自分の欲望を満たすために命を奪った奴が生きているというのは、おかしいなとは思う。法律や社会秩序という理屈はわかるけど、まだ感情面で飲み込むことができていない自分もいた。

「次はちゃんと計画的にやる」森巣がどこまで本気なのかわからないことを口にしていたら、オーナーがコーヒーとアップルパイを運んで来た。

礼を言い、フォークを手に持ち、食べる準備をする。自分が思っている以上に空腹だったようで、口の中で唾液《だえき》が湧いた。

「強盗ヤギの話をする前に、食べていいかな？　お腹が減った」

格子状のパイに蓋《ふた》をされた間から、飴色《あめいろ》をした青リンゴが覗いていた。いただきますを言い、フォークを伸ばし、パイ生地《きじ》を崩す。一口サイズを乗せて口に運ぶ。

青リンゴとシナモンの香りが口の中いっぱいに広がり、舌の上を果肉が滑《すべ》る。爽やかな香りがして、キャラメルの甘さと共に鼻を抜けるのが心地良い。青リンゴはくたくたしすぎず、しゃりっとした食感が楽しい。パイ生地の優しいバター風味が、味をまとめている。

口の中で音楽が鳴るような美味しさだった。

「美味いな、ビートルズの青リンゴは」と森巣も堪能している様子で、何かに同意するようにに小さくうなずきながら、アップルパイを口に運んでいる。

「ねえ、楽観的な話をしてもいい？」

「食事中だからな。悲観的な話よりはいいと思うぞ」

「ビートルズが初めてアメリカに行った時、エド・サリヴァン・ショーっていうテレビに十四分間出演して、五曲を演奏したんだ。視聴率は七十三パーセント、七千三百万人が見てたらしい」

「強盗ヤギは四百万再生だから、ビートルズの足元にも及ばないな」

「でも、すごいことは他にある。ビートルズが演奏している間、アメリカで青少年の犯罪がゼロだったらしいんだ」

「それはまさか、音楽の力で犯罪をなくしたり、世の中を平和にできるとか考えてるのか？」

返答に窮していると、森巣は「それは、あまりにも」と苦笑した。

「楽観的だろ」

「だから、最初にそう言ったじゃないか」

ごまかすように鼻の頭を掻く。

「僕が言っているのは、青臭い、理想論だよ。だけど、人が作ったもので、人は変わることができる。そういう祈りを込めて、音楽も映画も作られているんじゃないかな。だから、みんなも強盗ヤギの動画なんて見ていないで、何か作品に触れるべきだと思うんだ。そうしたほうが、世の中は良くなる気がする」

最近ずっと、胸の中に抱えていた考えだ。だけど、動画を見る人を批判する内容とも思えるので、みんなに話さないでおく自制心はあった。それでも、誰かと話をしたかった。

すっと右手が差し出された。細く長い指が機械的に折りたたまれ、手招きのような仕草をしている。

「平の音楽を録音したやつとか持っていないのか？」

「あるけど」

「聴かせてくれよ」

「どうして？」

「どうして？」この世で一番おかしなことを聞いた、とでも言わんばかりに森巣が怪訝な顔をする。

「平の音楽を聴きたくなったからに決まってるじゃないか」

その口調からは、僕の腕前をみてやろうとかいう類の意地悪さは感じられず、純粋に音楽を聴きたいからだという印象を受けた。青リンゴの話をしていたから青リンゴを食べたくなってこの店にやって来たのと同じ感じだ。

自分の音楽を聴かせるのは、自分の心を晒すような心細さと熱い羞恥心《しゅうちしん》を覚える。だけど、ここで嫌だと言うのは、間違っていることに思えた。本当の森巣を教えてほしいと思っている自分が、本当の自分を隠すのは誠意に欠ける対応な気がする。

「大したもんじゃないけど」

「そういう時は、ビビるなよくらい言ったほうがいいぞ」

「ハードルを上げないでほしいんだけど」

そう言いつつ、バッグの中にしまってある音楽プレイヤーを取り出す。ぐるぐる巻きにされているイヤフォンをほどきながら、自分の曲のプレイリストを画面に表示し、森巣に差し出した。

「再生を押せば流れるから」

森巣はうなずき、イヤフォンを両耳にはめ、プレイヤーの再生ボタンを押した。説明をしようとすると、森巣は右手を僕に向けてきた。人差し指を立て、「静かに」と訴えてくる。

たしなめられ、身体を引く。森巣はぼうっとした顔つきになり、宙を眺めていた。晴れた夜に、星空に見入っているような穏《おだ》やかな顔をしている。こっちは、心の中を覗き込まれているようで、居心地が悪い。

ふっと森巣の口元が緩んだので、笑うなよと文句を言おうと思ったが、すぐに飲み込む。森巣は指を動かしてリズムを取っていた。メロディに揺られ、音を楽しんでくれているようで、ほっと胸を撫で下ろす。

ちょうどその時、ぶぶぶとテーブルの上に置いてある僕のスマートフォンが震えた。手に取り確認すると、メッセージアプリに家族から連絡が入っていた。帰りが遅くなることや夕飯を外で食べていることの連絡を失念していた。

『遅いけど、帰りは何時？』と母。

『わからない、多分もう少し』と僕。

『ハッキリしてない』『兄には主体性がないよね』と母と妹。

僕は『ごもっとも』と送り、『友達とアップルパイを食べているので、夕飯はいりません』と付け足す。

『誰？』『もしかしてデート？』『デートなの？』『そりゃデートでしょ』『ファイト！』

可愛らしいキャラクターのスタンプが送られてくる。仮にデートだとして、『ファイト！』という応援はいかがなものか。戦いではなく、安息が欲しい。

森巣のことを友達と呼んでいいのかと迷っていたら、別のメッセージが飛んできた。操作を中断し、そちらのメッセージを開く。送信者は目の前の森巣だった。

本文を読み、こめかみがぴくりと痙攣する。

『落ち着いて読んでくれ。閉店時間が近いから、もうそろそろだ』

何故スマートフォンでメッセージを？　と訝しみつつ、『何が？』と返信する。

すぐに戻ってきた返事を読み、ばくんと心臓が跳ね上がった。

『強盗ヤギがやって来るヤァ！ヤァ！ヤァ！』

顔を上げて森巣を見ると、相変わらずイヤフォンで僕の音楽を聴き、心地良さそうな表情を浮かべながら、指だけを忙《せわ》しなく動かしていた。

スマートフォンが手の中で震え、新たなメッセージが届く。

『もし来たら、俺は店内の注目を集める。平はその時、俺を見ないで周りの人間を観察してくれ』

冗談には思えなかった。

不吉な予感を覚え、ざわざわと胸騒ぎがする。

『兄ファイト!』

妹からメッセージが届くのと同時に、入口のカウベルが鳴った。

9

店にやって来たのは、ネクタイをしていないスーツ姿の二人組だった。身長は百七十から百八十の間くらいだろう。ひどく現実味がない二人組だ。その理由は、頭がゴム製のヤギを模したマスクですっぽりと覆われていたからにほかならない。生で見ると、毛並みまで再現されており、リアルで気味が悪かった。

強盗ヤギだ、と息を呑み、頭が真っ白になる。

二人が胸の内ポケットに手を入れると、それぞれ黒い塊《かたまり》を取り出した。一人はICレコーダーを、一人は拳銃を、突き出すように構える。

『動くな。抵抗をするな。邪魔をすれば容赦なく撃つ』

レコーダーから、声が流れた。音声合成ソフトで作ったような、抑揚《よくよう》のない声だ。

おかしな感じがする。自分が別の誰かの人生や映画の中に迷い込んだようだった。僕は人質の役を充てがわれている。何をすればいい？　脚本にはなんて書いてあるんだ？　状況に順応できず、落ち着かない。気持ちがふわふわとしている。しっかりしろ、危機感を持て！　と自分に言い聞かせた。

我に返り、前を見ると、自分に銃が向けられていた。

ぶわっと全身の産毛が逆立つ。顔が強張り、情けない悲鳴を上げ、身体を仰《の》け反《ぞ》らせる。大きく息を吸い込みながら、両手をあげていた。

銃口がこちらに向いている。

撃鉄が起こされ、引き金が引かれ、飛び出した銃弾が額を撃ち抜き、血を流しながら崩れ落ちる自分が思い浮かぶ。アクション映画の脇役《わきやく》たちのように、特に理由もなく、居合わせただけで呆気《あっけ》なく殺されるのではないか、と肝が冷える。

僕はこのまま殺されてしまうのか？　こんなことが前にもなかったか？　そうだ、あれは柳井の家にいた時だ。あの時も森巣がいたな、そう思って視線を移すと、僕の意識と共に銃口も森巣へ移動した。森巣も混乱しているのか、店内に視線を泳がせている。

ＩＣレコーダーを持っているほう、声ヤギが、店内をぐるりと見回してから、後ろを向いて入口ドアについている窓のカーテンと鍵を閉めた。

これで店の外から中の様子は見えなくなってしまった。店の扉にかかっていたプレートは、入る時に『ＣＬＯＳＥＤ』にでもひっくり返したのだろう。常連客が来て不審に思ってくれればと思うが、あまり期待できない。

銃ヤギが、オーナーに歩み寄る。オーナーはボディバッグを押し付けられると、パグのように目を潤《うる》ませ、頬を引きつらせ、ぎこちない動きでレジへ移動していった。

動画で見たことがあるから、この後どんなことが起こるかは知っている。けど、ジェットコースターがいつ急降下するのかわかっていても緊張してしまうように、心の余裕は生まれなかった。動悸《どうき》が激しくなり、立ちくらみのような、酔っているような気持ち悪さを覚える。

『両手をテーブルの上に置け』

指示通り、そっと両手を置く。

どうしよう、と縋るように森巣に目をやると、落ち着き払った様子で既に両手をテーブルの上に置いていた。周りを確認すると、女性客の顔は見えないが、ちゃんと指示に従っているようだった。男性客も銃の迫力に呑まれたようで、表情を引き締めながら、抵抗することなく両手をテーブルに置いていた。

『金を詰めろ』

オーナーが、「はい！」と大きく返事をし、素早い手つきでレジの操作を始める。

声ヤギがポケットから紙と筒状のものを取り出した。筒を振る度に、からからとこの場にそぐわない軽快な音がした。スプレー缶だ。

壁に紙を貼《は》り付《つ》けると、スプレーのキャップを外し、噴射した。何をしているのだろうと凝視し、暗号を残しているのだと気づく。シンナー独特の薬品臭が、店内のコーヒーやバターの香りを吹き飛ばしていく。

視線を逸らしてオーナーを見ると、彼はレジから札と小銭をつかみ、バッグの中に入れていた。決して儲《もう》かってはいないだろうに、と同情する。何故うちの店が襲われなければならないのか、と憤っているはずだ。

向かいの席に座る森巣を見る。

そういえば、森巣は何故か強盗ヤギが来ることを予期していた。何か手があるのだろう。強盗ヤギ、オーナー、客、と順番に目をやり、まるで機会を窺うように前傾姿勢になっていた。

僕と目が合うと、森巣はにやりと笑った。その顔色に不安はない。

何をするつもりなのか、と思ったところで、店内に声が響いた。

「ラヲッラーッラーッラララ、ラーラララ、ラー」

オルゴールの蓋が開けられ、役目を思い出したように、森巣が口を開き、メロディを口ずさんでいる。テーブルの上から手を離し、スマートフォンをマイクのように構えていた。

「ラーラッラ、ララー」

妙な違和感を覚え、なんだろうかと思案し、はっとした。

これは僕の曲だ！

自分の顔が熱を持ち、真っ赤になっていくのがわかる。何をしてるんだ！　と森巣を見つめていると、ギロリと睨み返された。

そこで、『周りの人間を観察してくれ』とメッセージが飛んできていたことを思い出す。どうして僕が？　なんのために？　と混乱しながら、急いで店内を見回す。

女性客は体を捻って振り返り、森巣を見ている。呆気に取られたようで、目と口を開けている。男性客も、目をしばたたかせ、この若者は何を考えているのか？　と訝しんでいるようだった。オーナーもぽかんとし、突然歌い出した森巣に視線が釘付けになっている。

表情がわからないけれど、強盗ヤギたちも困った顔をしているのではないだろうか。

声ヤギが我に返ったとばかりに体を動かした。ＩＣレコーダーを銃のように構え、躊躇なく発砲するように再生ボタンを押した。

『動くな。抵抗をするな。邪魔をすれば容赦なく撃つ』

「すんません、ちょっと、静かにしてもらっていいっすか」

いかにも軽薄な若者、という口調で、森巣がのんきな声で返事をした。

聞こえていないわけではない。なのに、全く動じていない森巣に声ヤギが戸惑っているのが伝わってくる。話が通じない相手への不安を声ヤギも味わっているのかもしれない。

『両手をテーブルの上に置け』

「あっ、抵抗とかはしないんで。俺バンドマンなんすよ。ちょっと今、頭の中ですげーヤバいフレーズが流れ始めたんで、これだけ録音させてください」

声ヤギと銃ヤギが顔を見合わせている。どうする？　と訊ね合っているようだった。

他の客はどうか、と再び僕はせわしなく目を動かし、確認する。

今のうちに警備会社に通報してくださいよ、と泣きそうな顔のオーナーに念じたが、そもそも契約していないのかもしれない。強盗ヤギが小さな店を選ぶのはそれが理由かと思い至る。

ダンッ！　と大きな音が店内に響き、驚いて体が跳ねる。銃ヤギが右足を上げ、勢い良く床を踏みつけていた。再び、大きな音が店内に響く。

が、それでも森巣は相手にする様子もなく、歌い続けている。何を考えてるか知らないが、その悪ふざけは早くやめたほうがいい、かなり怒らせている。

森巣の口を塞《ふさ》ぎたいが、動くと再び銃口を向けられそうで、動けなかった。

声ヤギが、森巣のそばまで行き、『騒ぐと殺す』と音声を再生させた。

「ちょっと静かにしてもらっていいっすか？　今、降ってきてるんで！」

『騒ぐと殺す』

「あーもう、変な声が入ったから録《と》り直しじゃないっすか。銀行襲う度胸もないあんたらにはわからないかもしれないけど、こっちは音楽に人生賭けてんすよ」

銃ヤギがむきになった様子で大股《おおまた》で歩き出し、銃を森巣の眼前で構えた。

カチリ、と静かだけどとても重い金属音が鳴る。

危ない！　と反射的に叫び、飛び出したかった。

だけど僕は、膝が笑って動けなかった。

「ちょっとなんなんすか、ひぃぃっ」

森巣が悲鳴をあげる。が、一瞬だけ僕に目配せをした。

慌てて視線を移し、再び店にいる面々の様子を探る。

男性客は目を細め、じっと二人の様子を窺っている。女性客は表情を歪めつつ、銃ヤギを見上げている。

店の中で、オーナーが一番動転しているのか、銃ヤギと森巣と女性客の間でせわしなく視線を泳がせていた。僕と目が合うと、眉を下げ、悲愴《ひそう》感をより一層濃くした。

妙な違和感を覚えたが、

「すいません、まじすいませんでした！」

という声が聞こえて意識がそちらに向いた。

森巣がテーブルの上に手を置き、銃ヤギにペコペコ頭を下げている。

声ヤギが銃ヤギに歩み寄り、肩を叩く。銃ヤギがそれを払いのける。肩を上下させながら荒い呼吸をしていたが、しばらくしてから拳銃の撃鉄を戻し、身を引いた。

胸を撫で下ろす。思わずテーブルから手を離し、冷や汗を拭いそうになった。

「あの、終わりました！」

いつの間にか金をバッグに移していたオーナーが、声を上げる。無理くり笑顔を作っていて、問題を解けた生徒が先生に褒めてもらいたくて自慢しているような、媚びた印象さえ受けた。強盗ヤギを逆上させないことは得策だと思うけど、自分の店を、一国一城の主《あるじ》として守ろうという気概も見せてもらいたかった。

声ヤギがオーナーからボディバッグを受け取り、肩にかける。強盗ヤギたちはそのまま ゆっくりと扉の前に移動すると、

『五分間、ここでじっとしていろ』

と音声を再生させた。

わかったか？　と確認するように店内の面々を見回すと、鍵を開けて外に出ていった。

嵐《あらし》が過ぎ去ったような静寂の中、呆然と扉を見つめてしまう。

強盗ヤギたちはいなくなったけど、張り詰めた奇妙な緊張が場を支配している。やっぱり殺しておこう、と彼らが銃を持って戻って来るのではないかと妄想してしまう。恐怖が頭に充満し、良くない考えが巡り、やっぱり僕の体は動かない。

そんな中、森巣は勢い良く立ち上がると、バッグを持って店を飛び出した。どこまでも、強盗ヤギたちの言うことを聞くつもりはないらしい。

呆気に取られていたが、慌てて僕も立ち上がり、森巣に続いた。

店を出ると、夜のひんやりとした空気が肌を包んだ。閑散とした夜道の遠くのほうから、車が勢い良く走り抜ける野蛮な音が響いてきた。強盗ヤギの仲間の車が待機していたのかもしれない。

森巣を探すと、彼は既に店からはだいぶ離れたところを、駅に向かって歩いていた。

「森巣！」声をかけながら、追いつこうと走る。

森巣が立ち止まり、くるりと振り返る。さっきまでの空気の読めない若者の芝居はやめ、何事もなかったような顔をしていた。

「心配したんだぞ！」

思い切り言葉をぶつけた。第一声がそれか、と僕自身が驚く。森巣は虚をつかれたように、目を丸くした。強盗ヤギが店に来た時よりも驚いているように見えて、呆れる。

「突然歌い出したり、一体どういうつもりだったんだ？」

ああ、あれか、と森巣が口にし、頬を緩め、僕を指差した。

「エド・サリヴァン・ショーだ。平のアイデアだろ」

エド？　サリヴァン？　と僕は知っているのに、訊ね返す。

「平の音楽が流れている間だったら、撃たれないと思ったんだ」

子供が悪戯の理由を答えるような、無邪気な口ぶりだった。まさか、そんな理由で？

もし撃たれたら僕の所為じゃないか、と困惑する。

だけど、友達に自分の中の何かを信じてもらえたようで、嬉しさも覚えてしまい、怒る気がどこかに失せてしまった。

森巣に行動力があるとは思っていたが、ここまで大胆なことをする奴だとは思っていなかった。調査のために、銃を持つ相手にも臆《おく》していなかった。危険を顧みない姿は格好良くもあるが、同時に危なっかしくて一人にできないなと感じた。

「それで、俺が体を張っている間、平はちゃんと店の中を見てたか？」

「ああ、うん、それは」と気の抜けた返事をしてしまう。「もちろん」

「じゃあ、平が何を見たか細かく書いてスマホに送ってくれ。おそらく、俺の推理が正しければ、それで全部がわかる」

「それはいいけど……今話そうか？」

「いや、しばらく俺は考え事をする」

森巣はピシャリとそう言い、歩き始めた。頼りない街灯だけが並ぶ、誰もいない夜の道を黙って歩く。数分前、拳銃で脅されていたのは夢だったのではないかと思える。

しばらく森巣の隣を歩きながら、さすがに「どこに向かってるの？」と訊ねる。

「どこって、お前そりゃ、駅だよ。電車に乗って帰るんだ」

「警察は？」

「誰かが通報してるだろ。戻ってもいいが、俺のことは黙っておけよ。警察は嫌いだし、面倒臭いのも嫌いなんだ」

「あれだけ勝手なことをしたのに、協力しないで帰るのか？」

そう訊ねたけど、無視された。

自分がどうするべきかわからず、立ち止まる。

迷っている間にも、森巣は駅へ向かって歩き続けている。

戻るべきだ、警察に何が起こったのか説明をするべきだ、と自分の声がする。常識的に考えろ、と。

夜道を振り返る。戻れば、あの店がある。もう強盗ヤギは戻って来ないだろうから、安全なはずだ。

だけど、どっと疲れが押し寄せてきて、前後左右の感覚を失うような、目眩を覚えた。店に戻って聴取に付き合って、帰れるのは一体何時だろうか。突然歌い出した森巣のことをどう説明すればいいのか。

ポケットのスマートフォンが震えた。取り出し、確認する。妹からだった。

『兄、何時に帰ってくるの？　牛乳を買って来てほしいんだけど』

心配している妹の顔が目に浮かぶ。疲れた。家族に会いたかった。

10

「平、見たか？」

自分の席に向かうと、牧野が開口一番そう言った。「昨夜、新作が投稿されたんだよ！」と鼻の穴を膨《ふく》らませている。

「新作という言い方はどうかと思うけど」

強盗ヤギは犯罪者でアーティストじゃない。顔をしかめるが、牧野は僕の反応にはおかまいなしで、机の上にスマートフォンを置き、動画を再生させた。

「そうだ、シャンプーをこれに変えてみたんだよ。どう？」

動画が始まる前に流れている広告を指差しながら、牧野が頭に手をやる。

まじまじと牧野の髪を見た。相変わらずのもさっとした髪をしている。広告から、「極上の潤《うるお》い」とか「新しい自分」とキャッチコピーが流れる。でも、隣にいるのが極上の牧野になっているとは感じない。

「艶が出たんじゃない?」

「だよな」と嬉しそうにしている牧野から視線を逸らし、画面を眺める。僕はまだ、昨夜投稿された動画を見ていなかった。

手前にコーヒーカップとアップルパイが、奥には棒立ちになって両手をあげるオーナーと強盗ヤギが映っている。昨夜、ここで強盗ヤギの人質にされていたのに、今は教室でその動画を見ているというのが、信じられない。

動画を眺めながら、投稿したのは誰だろうかと思案する。撮影されている角度からして、おそらく女性客だろう。肝がすわっているのだな、と呆れるやら感心するやらだ。

「撮影した人は何か言ってる?」

「事件とか事故とかをまとめてるチャンネルから投稿されてるから、撮影者のコメントはないな」

「そうなんだ?」

「このチャンネル、普段から映像を募集してるから、それで売ったんだろうな」

転んでもただでは起きない逞《たくま》しさというよりも、お金目的で危険を顧みなかっただけかとげんなりした。

そうして撮影されて売買された動画を、牧野は目を爛々とさせ、食い入るように見つめている。僕と森巣が見つかるのではないかとヒヤリとしたが、角度的にどうやら映っていないようでほっとし、動画から目を離した。

教室をぐるりと見回す。

ここではみんな無責任に動画を再生し、事件を娯楽にしてしまっている。少しでもオーナーの不幸に同情をした人たちが寄付をしたら、一助となるのではないか。だが、オーナーが警備会社と契約をしていれば、事件を防げたかもしれないとも思う。悪いのは間違いなく強盗ヤギだが、なんだかやるせない。

「今回は、ここからがちょっとすごいんだぜ」

牧野が声をあげたので、慌てて視線を戻す。森巣が突然歌い出すシーンが始まったが、学校での彼とは全く違う声色や話し方だから、誰もわからないだろう。

「強盗ヤギ以上にこいつも謎だよな。これも何かのメッセージだったりするのかね?」

「どうだろう。関係ない気がするけど……このメロディはちょっと良くない?」

「そうかぁ? ポップじゃねえよ」

牧野の髪を褒めなければよかった。

動画は後半にさしかかり、強盗ヤギは森巣を恫喝《どうかつ》し、オーナーから金の入ったバッグを受け取ると、画面からフレームアウトした。退店前のアナウンスと扉のカウベルの音が鳴って終了する。

画面には、このチャンネルのオススメ動画はこちらです、と他の強盗ヤギの動画が並んでいる。みんな一体いくらのために、危険を冒して撮影したのだろうか。

「なんだかアップルパイが食べたくなってきたなぁ」

牧野の発言に思考が中断される。蕎麦屋が襲われたのを見て、蕎麦を食べたいと言っていたなと思い出す。またかよ、と苦笑するけど、画面内に映り込んでいるアップルパイは確かに美味しそうではあった。

「知ってるか？　これ、青リンゴのアップルパイらしいぜ」

「知ってるよ」

「なあ、この店そこまで遠くじゃないらしいから、今日食べに行ってみないか？」

ドラマのロケ地を見に行かないか、と誘うように牧野が言う。

「さすがに、昨日の今日で営業はしてないんじゃない？」

「そうか。でもまあいい、そんなことより今日はとっておきがあるんだ」

「とっておき？」

「実は、暗号が解けたんだよ。『Jimi meets fish』だ」

もう解読したんだ？　と素直に驚く。よく見れば、牧野の目の下にはうっすらと隈《くま》ができていた。解読を試み、興奮し、考え込んでいたのだろう。

「ネットで知ったんだけど、これはビール暗号って言ってな」と解説を語る牧野を横目に考える。

『ジミは魚と出会う』

頭の中で、ぱっと明かりが灯った。

僕にも、暗号の謎が一つ解けた。

11

暗号について気づいたことがある、と森巣へスマートフォンでメッセージを飛ばした。既読マークはついたが、返事はない。昨夜、言われた通り僕が見たものも森巣に送ったが、それへの返信もなかった。無言なのはなんだか不安になる。

暗号について僕の推理を伝え、犯人の目的を話し合いたい。昼休みになり、六組へ森巣の様子を見に行ってみたが、姿はなかった。しばらく待ったが、じっとしているのがもどかしく、美術室で小此木さんと話し込んでいるのかな、と足を運ぶ。

「おっ、平くんじゃないか、こんにちは」

美術室に顔を出すと、そこには昨日の油絵の続きを描いている小此木さんの姿があった。僕を認識すると手を止め、笑みを浮かべた。生徒会長と話すのは二度目なので距離感をつかみかねるが、挨拶をしながら近寄る。

「森巣を探しに来たんですけど」

「良ちゃん？　今日はずる休みするって昨夜連絡がきたよ」

「ずる休み？」

「で、平くんは多分美術室に来るだろうから、よろしくって。一方的だよね」

小此木さんと肩をすくめ、「昨日、来なくて正解でしたよ」と告げる。

「実は、店に行ったら強盗ヤギが来て大変だったんです」

「知ってる。やっぱりね」

「やっぱり？」

小此木さんが不思議そうな顔をし、「あれ？　知らなかったの？」と口にした。何も知りませんけど、と首を振る。

「ほら、強盗ヤギが店に残していく暗号あったじゃない。で、解読をするとブライアンはパンを焼く、ロンは麺を食べる、ロバートはビートルズの林檎を発見したって読み解ける」

うろ覚えではあるけど、確かそういう内容だった。「ええ」とうなずく。

「パン屋、蕎麦屋、って襲われてきたから、次に襲われるのは例のグラニースミスが出るお店だと思ったんだよね。暗号は次に襲う店の予告になっているの」

小此木さんの言葉と、強盗ヤギの情報が頭の中でかちりかちりと音を立てながら組み合わさっていくようだった。

「それ、いつから知ってたんですか？」

「え、昨日から。てっきり、良ちゃんが説明したと思ってたんだけど」

だから来なかったんですか、と納得すると共に思い出して気づくことも多かった。レンタルビデオショップで話し込んだが、あれは閉店間際に入店するための時間稼ぎをしていたのかもしれない。

森巣の考えていることがさっぱりわからない。森巣が僕に秘密にしていたことが、なんだかショックだった。信用されていないということだろうか。でも、殺されるかもしれないのに、昨日は僕の曲を歌っていた。

「なんで、森巣はわざわざ僕を連れていくことにしたんでしょうか」

訊ねてみると、小此木さんはぺたぺたと絵筆で絵の具を混ぜながら小さく唸《うな》り、口を開いた。

「良ちゃん、珍しく他人のことを嬉しそうに話してたんだよね。勇気がある奴と知り合ったって。それでじゃないかな？　あと、目が良い、とも言ってた」

僕には勇気なんてないし、買い被《かぶ》りだ。目が良いなんて理由も、漠然としている。

「わたしにはわからないけど、何か直接調べたいことがあったんじゃないかな」

「小此木さんも、強盗ヤギが来るかもしれないなんて知っていたなら森巣と僕を止めてくれてもよかったのに」

口を尖らせ、不満をぶつける。

「それは、ごめんね」

小此木さんが素直に頭を下げた。あっさりと謝られて拍子抜けしてしまい、なんだか怒れなくなってしまう。

「一緒に止めたら、森巣も無茶をしないいんじゃないですか？」

「良ちゃんは、止められないよ」

自然現象について口にするような、諦観《ていかん》の滲《にじ》んだ口調だった。

「良ちゃんは、戦うことをやめられない。そうやって生きてきたみたいだし」

森巣が、父親に殺されかけたという話をしていたなと思い出す。森巣が裏表のある人間であることや、好戦的な人間であること、事件に興味を持つ人間であることはわかってきたが、理解は追いついていない。

「森巣は一体どうして、ああなったんですか？」

「それは、わたしの口からは言えないかな」

「それじゃあ、どうして小此木さんは森巣を許してるんですか？」

「許してるっていうか、良ちゃんの小さかった頃からのことを知っているから見逃してるのかな。わたしも助けてもらったし」

一体何があったのか？　と訊いていいのかわからず、黙っていると小此木さんが喋り始めてくれた。

「うちは母子家庭なんだけど、小学生の時、母親の恋人に悪戯をされたんだよね。悪戯って言っても性的なやつ。いやらしい目線で見てきたり、スキンシップが多かったり。それでエスカレートしてきて、いよいよヤバいぞって時に、良ちゃんが助けてくれたの」

子供が、大人の欲のはけ口にされるなんて、心が掻《か》き毟《むし》られるような酷い話だった。思わず、自分の顔が情けなく歪んでしまう。

「すいません、辛い話を」

「平くんは誰にも言わなそうだし、それに、もう大丈夫だから。変態ロリコン野郎はちゃんと誰かにボコボコにされたし」

あっけらかんとした口調で小此木さんはそう言って、元気だよ、とアピールするように胸を張った。

ボコボコにした誰か、について思い当たる人物は一人しかいない。

「良ちゃんは悪い子じゃないけど、一人だと道を踏み外す気がする。だから友達ができたらいいなって思ってたんだよね。それで、良ちゃんが平くんと店に行くのを止めなかったのかも。ごめん、わたしのエゴだったね」

小此木さんの気持ちはわからないではない。小此木さんを助けたことはいいことだと思う。だけど、僕を強盗ヤギの現れる店に説明をせずに連れていったことは、間違っている。行き先もわからず、道案内をされ続けているような不安は今も続いている。

「小此木さん、森巣は正しいことをしているんでしょうか」

「良ちゃんは、自分の価値観で判断して行動しているだけなんだよね。良ちゃんがどういう人間なのかは、平くんが自分で決めてあげて。友達になれないと思ったら、絶交してもいいからさ」

絶交、という言葉は子供じみていたけれど、カードの一つなのかもしれない。受け取り、そっと懐の奥にしまう。

一体どうしたものかなと頭を掻きながら視線を外す。キャンバスには林檎が描かれ、うっすらと下地になる色が塗られている。僕と森巣の関係も、この薄く色づいた状態だ。どんな色になるのかわからない。

そんなことを考えていたら、あることを思い出した。

アップルパイのお会計を忘れていた。

12

放課後、カフェ『ル・セレクト』にやって来た。

「まあ、そうだよね」

ドアのプレートは『CLOSED』となっている。昨日、強盗事件があったんだから、当たり前か。でも、立ち入り禁止のテープが貼られていたり、テレビで見たような綿みたいなものでぽんぽんと叩く鑑識係の人がいないのは、少し意外だった。

どうしようかと思案する。封筒にお金を入れてそっと置いておくか。それとも日を改めるべきか。それにしても、いつ営業は再開されるのだろうか。

中に店の人がいないかな？　と思いつつ、扉に手をかけると、開いた。

おそるおそる顔だけ中に入れる。

入口近くのテーブル席に森巣を見つけ、「あ」と声が漏れた。

カウベルが鳴り、森巣も僕に気づいてひどく意外そうな顔をした。お店は営業中ではなかったよな、と案じながら視線を彷徨《さまよ》わせると、カウンターの向こうにいたオーナーも、目を丸くしていた。

「平、どうしたんだ？」

森巣に訊ねられ、「君こそ」と言いながら、おそるおそる店の中に入る。

「僕は昨日、お金を払わなかったなって思い出したから」

「あー、忘れてたな。危ない危ない」

忘れてたのかよと思いつつ、オーナーに、「昨夜はすいませんでした。お金も払わず。動転していて」と頭を下げる。

「いいですよ、こちらこそ、せっかくお越しいただいたのにすいません」

オーナーが謝ることではないでしょうにと思いつつ、財布を取り出す。

「払います」「いいですよ」「払います」「結構ですよ」という応酬を続けていたら、森巣に「まあ、こっちに来いよ」と促され、向かいの席に移動した。

「森巣はここで何をしてるわけ？」

「ずる休みだ」

ちらりと、オーナーが離れているのを確認してから、声を落として話しかける。

「小此木さんに聞いたぞ。次にこのお店が襲われることを知ってたそうじゃないか」

「ああ、ここは有力候補の一つだった」

「どうして僕に黙ってたのさ」

「昨日、ここで言ったじゃないか。今日は推理じゃなくて調査で来たって」

「それだけでわかるわけないじゃないか」

悪びれる様子のない森巣を見ながら思う。小此木さん、僕は森巣を信じていいのかやっぱりわかりません。

「危ない目に遭ったらどうするつもりだったんだよ」

「平を守るくらい自信はあった」

「銃を持った相手だ」

「銃でもナイフでも関係ない」

「僕はあるんだよ！」と小さく叫ぶ。

頭の中にある文句を手当たり次第に投げる。だが、ひょいひょいとかわされているようで、手応《てごた》えがない。

「そうだ、メッセージを読んだぞ。何か暗号でわかったことがあるみたいじゃないか。話してみろよ」

森巣はテーブルに手を置き、足を組んだ。暗号？　と記憶を探り、そういえばそうだったと思い出す。僕は新たなルールに気がついた。森巣は音楽に疎《うと》いようだし、これは彼では気づけないことだろう。

話をはぐらかされているのはわかっているが、誰かにこの発見を伝えたかったので、話題に乗ってしまう。

「新しい暗号は『ジミは魚と出会う』だった。僕はジミ、と聞いてピンと来たんだ。ジミ、と言えばギターの神様、ジミ・ヘンドリックスだ。そこで、暗号に出てくる他の人物名と共通点があることに気がついた」
「共通点？」

「ブライアン・ジョーンズ、ロン・ピッグペン・マッカーナン、ロバート・ジョンソン、そしてジミ・ヘンドリックス、全員超有名なミュージシャンだ」

「そいつらと同じ名前の人間は、ミュージシャン以外にもいるだろ」

「共通点はそれだけじゃない。全員、二十七歳でこの世を去っている。天才的ミュージシャンが二十七歳で死ぬ、偶然にしては多いから、彼らは有名になる代わりに二十七歳で死ぬ契約を、悪魔と交《か》わしたんじゃないかっていう伝説もあるんだ」

「それで？」

「馬鹿《ばか》げているけど、昔はロックンロールは悪魔崇拝と結びつけられていたって言うし、ヤギは悪魔の象徴だろ？　強盗ヤギは銀行とかじゃなくて、個人経営の店を襲ってるから、金銭目的っていうよりも何かしらの儀式のつもりでやってるんじゃないかな。地図で襲われた店を繋いでみたら、何かのマークになっているとか」

　これで、強盗ヤギの正体に大きく近づけるのではないか？　僕はそう思っていた。森巣はすぐに反応を示さず、「なるほど！」も「そうだったのか！」の一言もなく、ただまじまじと僕の顔を見ていた。

と思いきや、森巣は吹き出し、快活な笑い声を店内に響かせ始めた。

「平、お前は想像力がたくましいなあ」

「僕が間違えてるってことはわかったけど、どう大間違いをしたのか説明してほしい」

「死体に蹴りを入れるけどいいのか？」

「傷口に塩くらいの言い方で頼むよ」

森巣は、息を整えてから、「強盗ヤギについて教えてやろう」と口を開いた。

13

「事件の真相は、俺が昨日見たものとお前が昨日見たもので、全てがわかるぞ。エド・サリヴァン・ショーをやった甲斐《かい》があったな。俺はあれで確かめたいことが二つあったんだ」

森巣が右手の親指と人差し指を立て、僕に向けた。指先から圧を感じ、眉をひそめる。

「一つ目は、銃口だ。近くで中を覗きたかった」

確かに歌って調子に乗った森巣は、強盗ヤギに銃を突きつけられていた。

「銃口を？　何のために」

「本物か確かめるためだ。モデルガンは悪用されないように、銃口の中にインサートという金属の板が埋め込まれていて、無理に外そうとすると壊れる。インサートは削ってどうにかしたみたいだが、バリが残っていた。それに、本物だったら銃身の内側《うちがわ》にライフリングという螺旋《らせん》状の溝があるはずなのに、それもなかった」

「よく、あの状況でそれを確認できたね」

「昔、訓練をしたことがある」

「銃が本物だったら、とは思わなかったのか？」

「平の歌があるから大丈夫だと信じてたんだよ」

森巣がさらりとした口調で言った。どこまで冗談で言っているのか判断しかねる。悪い気はしないけど、過信されるのは困る。

「あとは、昨夜お前から届いたメッセージで、何が起こっていたのかはわかった」

「慰めはいいよ。別に役には立たなかっただろ。実際、森巣が歌ってる間、特におかしなことをしている人はいなかったよ。あの女の人が撮影していたことだって、気づかなかったわけだし」

「いいや、俺に銃が向けられて、もしかしたら死ぬかもしれない中、平は店内をちゃんと見ていた」

「ああ、もうあんな無茶なことはやめてもらいたい」

「約束はできない」

たかが体を張るだけだ、と言わんばかりのあっさりとした口調だった。

「で、何がわかったの？」

「何故オーナーはお前と目が合ったんだろうな？　あの場は一触即発だったんだぞ」

指摘され、はっとした。昨日覚えた違和感の正体はこれだ。

強盗犯が客に銃を向け、今にも発砲するのではないかと剣呑な雰囲気になっている中で、オーナーはどうして視線を外していたのか。

「ですよね？　オーナー！」

森巣が店全体を震わせるくらいの大声を出し、首を傾ける。

びっくりしつつ視線を移すと、カウンターの奥にいるオーナーは、動揺しているのか視線を泳がせていた。

頭の中で、電気が走るみたいに、思考が繋がっていくのを感じる。

「世間から注目されているのに、強盗ヤギが『動画を撮るな』とアナウンスしない理由も謎だろ？　つまり――」

固唾を飲み、答えを待つ。

「みんなグルなんだよ」

驚くべき発言だったが、説明がつく。

オーナーは、モデルガンだと知っていた。だから、周りに気を配れたのではないか。女性客にも視線を送っていたから、撮影されているのも知っていたのかもしれない。

放心しながらゆっくりと体を捻り、オーナーを見つめる。

オーナーは表情を曇らせ、代わりに答えてくれる誰かを待っているみたいに沈黙している。それはもはや、「その通り」と言っているのと同じだった。

「強盗ヤギは、経営難の個人店に声をかけて、偽装強盗の舞台にすることに協力してもらっていたのかもな。知っているか？　襲われた店はどこも客の入りが増えているらしいぞ」

「つまり、宣伝が目的の安全な強盗だったってこと？」

思い返せば、確かにどの動画でも店の料理が映っていたし、動画を見た牧野は、腹が減ったとかあの店に行こう、と言っていた。サブリミナルと言えば大袈裟だけど、コマーシャルにもなっていたのだろう。それに、暗号だ。暗号があるから動画を見たいと思う人は増えただろうし、実際に店に多くの人が集まってるという話も聞いた。

強盗ヤギはお金をもらって、あのパフォーマンスをしていたのか。テレビでCMを流してもらうよりも、ずっと安上がりで、効果も出たかもしれない。

なるほど、だとするとよく考えられた広告だな、と感心してしまいそうになる。

「お前は今、強盗ヤギたちが店の救世主に思えてるんじゃないか？」

「救世主だなんて思ってないけど、ずいぶん凝ってるな、とは」

「この事件はこれで終わりじゃない。そこから先を知る覚悟はあるか？」

「覚悟？」

森巣に試されている。

知らなければよかった、と後悔するかもしれない。だけど、僕の困っている人を放っておいてはいけない精神が疼《うず》いた。今の教室は、困っている人をみんなが観賞している。人の不幸を楽しむ風潮、それが許せなかった。更なる真実があるなら知り、自分に何ができるか考えたい。

首肯する。

森巣はこうなるとわかっていたように、にやりと笑った。

「昨日、この店ではショーが行われてたんだよ」

「ショー？　僕らは人質じゃなくて観客だったって言うのか？」

「いいや、俺たちはエキストラだ。観客は」

森巣はそう言うと、スマートフォンを僕に向けた。

「動画を見る連中だ」

画面の中央にある再生ボタンが押され、昨日の強盗ヤギの事件映像、ではなく、まず広告が流れ出した。

「狙いはこれだ。一回再生されるごとに、約〇・一円の広告収入が発生する」

「広告収入?」

「昨夜投稿された動画の再生回数はもうすぐ三百万超えだ。一日経ってないのに、三十万円になる。これからまだまだ伸びるだろうな。事件が起きれば、相乗効果でこのチャンネルが前に投稿した動画の再生数も伸びる。犯罪を扇動する内容ではないし、生々しい暴力があるわけじゃないから、規約違反でもない」

「ちょっと待って。つまり、動画再生で稼ぐために、事件を起こしていたってこと?」

店の宣伝のためではなかったのか? と驚いて声をあげる。そんな僕を冷静に見つめ、森巣が右手の指を一本ずつ立てながら説明を続けた。

「最初の動画が公開されて話題になり、次の動画にマークが映り込んでいた。それは、連続殺人犯が使っているマークに似ているとわかった。そして暗号が騒ぎになり、それが解読され、次の店の予告だとわかった。次に、二十七歳で死んだミュージシャンが主語になっていたと気づく奴が現れる。今度は、その意味が何か? とみんなが気になる。興味関心が薄れないよう、餌が定期的に撒かれ、平は、まんまと向こうの思惑通りに、食いついたってわけだ」

暗号文に意味なんてなくて、ただの客寄せだったのか。

「森巣はどうしてわかったの?」

「何事も重要なのは結果だ。結果から考えればわかる」

「結果、ねぇ」

「世間から注目されているのに続いているのは不自然だろ。だから、あいつらが本気で強盗するつもりなのか気になったんだ。撮影されていないか気にしてないのも妙《みょう》だしな」

確かに動画が目立つのは、強盗ヤギにとってメリットがないはずだ。

「次に、動画の広告が邪魔だったから違和感を覚えた。なんでこいつは儲けてるんだ？ってな。被害者が自己顕示欲を満たしたいなら自分のSNSで発信すればいいのに、投稿サイトの同じチャンネルに売ってるのも気になった。本当に事件が起きてるのかそれを確かめるために、昨日銃が本物か知りたかったんだ」

大胆で狡猾《こうかつ》、犯罪をショーにし、人知れず金を儲けている奴らがいる。自分の想像が及ばない計画を知り、唖然とした。

「さて、オーナー、ここからが本題だ」

14

森巣は厳しい口調でそう言って、オーナーを見据えた。

「あんたが一人でこの事件を考えたなんて思っていない。警察に通報しない代わりに、どういう経緯で強盗ヤギと共謀したのかを話してくれ」

「そんな、共謀だなんて。私はただ言われた通りにしただけで」

オーナーが青褪《あおざ》めた顔をし、うろたえる。

「何を言われたんだ?」

そう訊ねる森巣の体から大きな手が伸びてオーナーを握り締め、ぎゅうっと絞り出そうとしているみたいだった。

「拷問されて喋るか、拷問されないで喋るか、今なら選べるぞ」と森巣が口にし、急《せ》かすようにテーブルを指先でこつこつ、こつこつと叩き始めた。

その仕草に効果があったのか、オーナーは深刻そうな顔で喘ぐような声を発した後、今まで溜め込んできた我慢や不満を吐き出すように、長くて大きな息を吐いた。

「私にも、君たちくらいの歳からの友人がいたんだ」

オーナーが語り始めるので、黙って耳をかたむける。

「二人とも同じ高校、同じ大学で。会社は別だけど、同じ時期に転職を考えていて、それで思い切って二人でカフェを始めることにしたんだ」

店の中を眺めるオーナーは目を細め、どこか夢を見ているような恍惚《こうこつ》とした表情をしていた。地元の人に愛され、繁盛し、活気のある店を切り盛りし、常連客と談笑をする、そんな姿を思い描いているのかもしれない。

が、その表情が悲しげに曇った。

「でも、その友人が裏カジノにハマって、店のお金に手を出していたんだ。全然気づかなかったよ。帳簿を任せていたし。それで、友人とお金が消え、怖い顔をした借金取りの連中がやって来るようになった」

ぽつりぽつりと語られるオーナーの言葉によって、店の温度がどんどん下がっていくような、そんな悲しさを覚える。僕には借金の苦しさはわからないけれど、友情を喪失した悲しみは想像しただけでも、心が切り裂かれるようだった。

「そんな時、金融会社の紹介で、滑川勝吾《なめかわしょうご》という男が現れたんだ。その滑川に、強盗ヤギビジネスをしていることと、うちの店を使わないかっていう話をもちかけられた。提案という形だったけど、私にはノーという権利はなかったんだ」

「滑川勝吾」

森巣が暗記をするように、呟いた。

その名前には、聞き覚えがある。ちらりと窺うと、森巣が鋭い目つきで口元を歪め、本性を覗かせるような獰猛《どうもう》な顔つきをしていた。

「森巣、滑川ってあの」

「ああ。クビキリで凶器を手配していた奴と同じ名前だな。手広く商売をしてるじゃないか」

まさか、クビキリと強盗ヤギが結びついているなんて。世の中には悪がいる。覗いた闇の濃さに身がすくむような、途方のなさを覚えた。

「滑川ってのは何者だ。どこにいる」

「わからない。連絡も一方的だし。会ったのは一度きりなんだ。二十代半ばの実業家みたいな男で、堅気じゃない雰囲気はあったけど……とにかく恐ろしくて」

オーナーは、自分も犯罪集団に巻き込まれた被害者なんですよ、と言わんばかりに、眉を曲げ、口をすぼめる。その後、しばらく森巣に詰問され、借金の額や金融業者の名前、裏カジノについて大人しく話をしていた。

「最後に一ついいか？」

「何か」

「俺たちのことも、こんな風に喋ったら、その時はただじゃおかない」

オーナーが、ごくりと大きく生唾《なまつば》を飲み込む。

「秘密、守れるよな？」

15

店を出ると、森巣は空を見上げてから、「以上が強盗ヤギのあらましだ」と言って歩き始めた。僕は生返事をしつつ、森巣の歩調に合わせて隣を進む。

歩きながら、でも、と思う。

でも、君の隣を歩き続けるのは無理だ。

「平のおかげで、真相がわかった。感謝する」

「いや、それは、僕は見ていただけだよ」

「俺は滑川について探る。何かわかったら声をかけるから、準備をしておいてくれ」

「準備って何を」

「心の準備だ」

森巣がそう言って、八重歯を覗かせる。

「森巣は僕のことを買ってくれているみたいだけど、もう今回みたいに、君に協力はできない。まだ高校生だし、君みたいに悪に立ち向かうなんて無理だよ」

森巣が立ち止まる。

事件の謎はわかった。だが、森巣は重要なことを説明するように、まっすぐ僕の顔を見て、ゆっくり口を開いた。

「悪は誰だと思う？ お前は正義とか悪とかに拘《こだわ》ってるのかもしれないが、今回の事件で悪いのはどいつだ？」

「そりゃあ、その強盗ヤギのシステムを考えた、滑川って奴だろ」

他人を利用し、巻き込み、金を儲ける、そいつが一番の悪ではないか。

「俺は、安全な場所から他人の不幸を楽しむ、想像力のない奴らも悪だと思うがな」

言葉が、胸に突き刺さった。

常に第三者で、他人の不幸さえも娯楽にしてしまう。森巣が言う悪とは、人間の心に潜む、悪意そのものではないか。無意識であるが故におぞましく、つかみ所《どころ》のない、もやのような存在だ。

「俺は正義だとか悪だとか、言葉遊びに興味はない。正義なんて、気に入らないものを叩きのめす時に使う言い訳だ」

「鬱陶しいとか目障りだって言ってたのは、強盗ヤギのことじゃないんだね」

「ああ、そうだ。馬鹿みたいに動画を再生させている連中のことだ」

教室で、電車で、家や会社で、喫茶店や食事の席で、みんなが動画を再生させている。どんな気持ちで見ているのか。見て、何が満たされるというのか。

森巣は腕時計を一瞥《いちべつ》し、「今晩、動画を投稿する」と言った。

「動画？」

「約束をしたから店が協力者だってことは伏せるが、強盗ヤギは動画再生を目的にしていると告発する内容だ。SNSで霞にも拡散させれば、学校で見てた馬鹿には届くだろう」

森巣がそう言ってから、じっと僕を見る。鋭く、刺してくるような目つきだった。

「お前は、まだ悪に立ち向かうなんて無理だと言う。じゃあ、何歳になったら立ち向かうんだ？　筋肉がついたら立ち向かえるようになるのか？　そもそも、目を逸らしたまま生きることなんてできると思うか？」

それは、と口を開いたが、言葉が続かない。強盗ヤギの視聴者のように何も知らなかった所為で悪に利用されてしまうかもしれないし、放っておいた所為で自分や大切な人が被害に遭ってしまうかもしれない。日常は簡単に捲《めく》れ、そこから危険が溢れてくることを知ってしまった。

「柳井の家で立ち向かったお前や、強盗ヤギを観察したお前には勇気と覚悟を感じたぞ」

あの時は必死だっただけだ。僕は常に気を張って生きているわけではない。

「森巣、君は何をしたいんだ？」

「俺は、自分の快楽のために弱い者を虐げて、利用する奴を許せないだけだ」

お前もだろ、と言いたげな顔をすると、森巣は僕に背を向けてそのまま去っていった。小さくなっていく背中を見ながら、僕はどちらへ進むべきかがわからず、空を見上げる。

夕闇の空には、吹けば飛ぶような小さな雲が浮かんでいた。


母が作ってくれた夕飯を食べ終え、台所で食器洗いをしていたら、妹の静海が「兄、これどうしたの？」と訊ねてきた。膝の上には、レンタルビデオ店の袋が乗っている。

「ああ、友達が勧めてくれた映画を借りたんだよ。食後に観ようかなと思ってたんだ」

「わたしも観たい！　お母はどうする？」
妹が車椅子に座ったまま体を捻り、リビングのテーブルでノートパソコンに向かってい
る母親を見る。会社でやりきれなかった仕事を持ち帰り、家でやっているようだった。
「優介、何借りて来たの？」
「『明日に向って撃て！』ってやつ」
母親はパソコンから顔を上げて、僕の顔をまじまじと見た。
「観る？」
「私はいいかな。でも、二人は観たほうがいいよ。そういう映画ってあるから」
「見ないと人生損してるってやつ？」
「そんなことないよ」のんびりとした口調で母はそう言って、ダジャレになっていること
に気がついて頰を緩めていた。
静海に早く早く、と急かされて僕はテレビをつけ、DVDをセットし、再生の準備をす
る。映画のメニュー画面が表示されてから、僕は静海の元に行く。
まずは僕が先にソファに座ってから、「はい、行くよ」と声をかける。横向きに車椅子
に座っている静海の足を、僕の右太ももに乗せる。転倒防止のためだ。
そして、ゆっくりと腕を伸ばす。右手で臀部《でんぶ》を、左手で体の前から肩甲骨あたりを抱き
かかえるように支える。静海も僕の体に抱きつくように腕を回す。

二人で声を掛け合い、体を移動させる。静海の体重が僕の腕と肩にのしかかる。子供の頃に比べれば重くなった。だが、この重さを感じる度に、僕は嬉しくなる。妹がここにいるのだ、と安心する。

兄として妹を怪我させるわけにはいかないぞ、と踏ん張る。体を回転させて、静海をソファに移動させ、深く腰掛けられるように奥へと押してあげる。静海も、自分の座りやすいポジションになるよう、両手を使ってもぞもぞと動いた。

「ありがと」

いえいえ、と返事をし、DVDを再生させる。

舞台は一八九〇年代のアメリカ西部で、ブッチとサンダンスというお尋《たず》ね者《もの》の物語だった。二人は強盗団を作り、銀行強盗や列車強盗をして暮らしている。だがある日、強盗に失敗し、逃亡を決意する。

サンダンスの恋人、エッタと共に、ゴールドラッシュを迎えていると話題のボリビアへと高飛びをした。だが、ボリビアはただの田舎《いなか》だった。そのことに憤慨《ふんがい》しつつ、男二人は用心棒としての生活を始める。

最初、僕は強盗二人組に対して、眉をひそめた。だけど、泳げなかったり、外国語が喋れなくて困ったり、楽しそうに自転車に乗る姿はひょうきんで、いつの間にか彼らの幸せな時間が続きますようにと祈っている自分がいた。

ブッチもサンダンスも、悪い奴だけど、弱い者いじめをしたりはしない。見逃してやってもいいのではないか。大袈裟に言うと、そんなことを感じていた。

だが、社会はそれを許してくれない。不気味なほど、しつこい警察部隊に追われ続ける人生を送ることになり、「二人が死ぬところは見たくない」と恋人のエッタも去っていく。どんどん彼らの居場所が社会からなくなっていくのを見るのが辛かった。

終盤、二人は大勢の追っ手に完全に包囲され、建物の中に逃げ込んだ。飛び出せば一体どうなるかわかりつつも二人は冗談を言い合い、銃を構えて建物を飛び出した。

激しい銃撃音だけが続く。いつまでも続く。

エンドロールが終わってからも、しばらく呆然としてしまった。

「きっと、二人は死んじゃったよね」静海が心細そうに言う。

「……うん、多分」

「でもさ、二人が一緒でよかったね」

隣に座る静海の顔を見る。涙目だったけど、強がるような顔をしていた。

「どうして?」

「だって、一人じゃ寂しすぎるじゃない」

暗闇の中で見つけた小さな光を慈しむような、懸命な言葉だった。そっか、そうだね、と僕は相槌を打ちながら、テレビ画面を見つめる。

一人じゃ寂しすぎる。

頭の中に浮かんでいるのは、森巣のことだった。

僕は、森巣が強盗ヤギに銃を向けられた時、怖くて足がすくみ、助けるために動くことができなかった。僕にはまだ、悪に立ち向かう勇気がない。

それでも、だ。

「死ぬところは見たくない」というエッタの悲痛な言葉が頭の中で囁かれる。

僕もだ。

百万円ゾンビ

1

歌は自分の心に身を任せ、心の声を言葉にすればいい。

好きなミュージシャンが、テレビでそう話していたのを覚えている。

「森巣、お前は来ないのかよ！」

それが心の声だけど、さすがにそれを人前で叫べない。

僕は今、通行人の行き交う桜木町駅の駅前広場で、弾《ひ》き語《がた》りをしている。

何故か？　少し遡《さかのぼ》る。

「平はギターが上手かったよな。ライブはしないのか？　弾き語りとか、駅前でやってる奴がいるじゃないか」

「ライブは、したことないなあ。部活も発表会はないし」

「じゃあ今度の日曜日、三時から桜木町の駅前で三十分くらいやってくれよ」

友達の森巣にそう提案されたからだ。最初は抵抗したけど、話しているうちにある欲がむくむく湧いていた。

森巣と四月に出会ってから、もう二ヵ月が経つ。

その間、恐ろしいほど冴《さ》える森巣の洞察力を間近で見て、僕と違ってすごいなあと感心してばかりいた。と同時に、そんな森巣が何故僕を友達にしたのだろうか、僕をどう思っているのだろう、と気になってもいた。

もし、僕の演奏を見たら、森巣は一体どんな顔をするだろう？

弾き語りなんて初めてだから、気合を入れてやって来たのだが、予定の時間になっても森巣は来なかった。

「時間厳守でよろしく」

と今朝メッセージが来たけど、それ以降音沙汰《おとさた》がない。電話もメッセージの返信もなく、既読マークもつかない。

森巣が来るのを待っていようかと思ったけど、「おいおい、俺が見てないとダメなのか？」と笑われる気がして、僕は意地になって時間通りにギターを構えた。

飄々とした佇《たたず》まいで弾き語りをしている人を何度も見たことがあるし、自分にもできるんじゃないかと心のどこかで思っていた。が、彼らは強靱《きょうじん》な精神の持ち主だったんだなあ、と身を以《もっ》て思い知る。

日曜日の桜木町は、ひっきりなしに人が行き交っている。遊びに行く中高生たち、ランドマークタワーを背にスマホで写真を撮っている女性グループ、ベビーカーを押す家族、彼らには行きたい場所があり、そこに向かって移動している。立ち止まって聴いてくれないし、誰も反応をしてくれない。

人前での演奏は、公衆の面前で自分の心臓だけが晒されているような、そんな心細さがあった。膝が笑い、声が上擦り、リズムが狂う。

誰も聴いていないんだし、ギターをケースにしまって帰ろうかとも思った。だけど、森巣が「おいおい、途中で投げ出すのか？」と笑うのが目に浮かぶ。

なんでこの場に来ていない奴のことばかり考えなければいけないのか！　とかぶりを振ってイメージを追い払う。

誰も気にしていないし、どうせなら思いっきりやってやろうかと僕の中で眠っていた対抗心が目覚めた。自分の音楽をやるぞと腹を決める。

まず、森巣への怒りを爆発させた。音で感情や空気を攪拌《かくはん》するように六本の弦をかき鳴らす。弾き語りにしては速いテンポで、コードを繫ぎながら音を走り回らせる。

メロディに言葉を乗せていく。この場にいない奴に向かって、むきになって歌を歌った。

すると不思議なことに、人がぽつりぽつりと立ち止まるようになった。遠巻きに眺めてくる人や、近くで演奏を聴いてくれる人も現れた。

買い物の途中、あるいは帰り道かもしれないが、見ず知らずの人たちがわざわざ僕の演奏に耳をかたむけてくれた。足踏みでリズムを取ったり、体をわずかに揺らしたりしているのが見える。音楽で人と繋がった瞬間、えも言われぬ安堵感に包まれていく。

すると更に嬉しい出来事が起こった。

一人、また一人と僕のすぐそばにやって来た。まずは少女が小銭を置き、次に青年が封筒をギターケースに入れてくれた。投げ銭だと気づき、舞い上がりそうになる。人に評価された。ずっとギターをいじっていた僕の部屋に光が差し込んだようだ。

三十分間の弾き語りをし、その結果、僕は百万飛んで五円を手に入れた。

2

駅前広場に並ぶベンチの一つに座り、放心する。

そっと膝の上のボディバッグを開いてみると、中には、財布とハンカチ、そして膨らみのある茶封筒が入っていた。そっと手を入れてみると、独特な紙のざらつきを感じる。

まいったなあ、どうしよう、と目を揉《も》んでいると、とんとんっと肩を叩かれた。

びくんと体が跳ね上がる。

「わっ、びっくりしたー」

それはこっちの台詞《せりふ》だ。視線を向けると、大人っぽい紺色のシャツワンピースを着て、黒のトートバッグを肩にかけた小此木さんが怪訝な顔で立っていた。

「小此木さぁん」と我ながらとても情けない声が漏れる。

「あー、まあ初めての弾き語りだったんだから、仕方ないんじゃないかな」

小此木さんが苦笑いを浮かべながら、僕の隣に腰掛けた。

「十分前にはちゃんと着く予定だったんだけど、想定外のことって起こるものね。ごめんね、約束したのに間に合わなくて」

「ああ、いえ」

日曜に弾き語りをすると伝えると、小此木さんは「応援に行くよ」と言ってくれていた。三時になっても現れなかったけど、その理由はちゃんと連絡をしてくれたし、駅からアナウンスも聞こえていたので知っている。電車の信号機で故障があったらしい。

「最初は思った通りにいかないもんじゃない？　野次を飛ばされたり、何か投げられたりしたかもしれないけど、そういうのは早く忘れたほうがいいよ」

「いや別に何も投げられてませんよ。滞りなく、終わりました。女の子が五円玉をギターケースに入れてくれたりして嬉しかったんですけど——」

「すごい！　初めての演奏でお金をもらうなんて、なかなかないことだと思うよ」

確かにその通りで、投げ銭をしてもらえたことはとても嬉しかった。この界隈《かいわい》には大道芸人が多いので、あの子もきっとその文化を知っていて、応援してくれたのだろう。とても心強かったし、五円、ご縁と思って頰が緩んだ。

だけど、問題はこの後だ。

「でも、それだけじゃないんですよ。終わる頃に、離れたところでじっと僕のことを見ていた男の人が近づいてきて、封筒をギターケースの中に入れたんです」

「おお、今度はファンレター？」

「終わってから中を見たら、札束《さったば》でした。多分百万円です」

「百万円かぁ、ほー、それはすごいねぇ」

つまらない冗談だと思ったのだろう。小此木さんが同情するように相槌を打ち、それで、その話のオチは？　と促すように小首を傾げた。

ボディバッグのファスナーを開け、茶封筒を取り出す。周囲を確認してから、そっと小此木さんに差し出した。訝しむような顔をしつつ、小此木さんが中を覗き込む。

そして、すぐに顔を上げた。

二重の目が、かっと見開かれている。大きな瞳は揺れ、頰を引きつらせていた。

「冗談でしょ？」

「ジョークグッズかも、と思って何枚か抜き出して確認してみたんですけど、すかしも入ってましたし、ホログラムもありました。だから、多分」

「本物？」

うなずき、「来てくれて本当に助かりました。これ、どうすればいいと思います？」と訊ねる。

小此木さんが茶封筒をしげしげと見つめてから、僕の手を取り、強く握った。どきりとしつつ顔を見ると、小此木さんはなんだか熱のこもった表情を浮かべていた。

「ねえ、もう一回演奏してあと百万稼がない？」

「いやいや」

「マネージャーをやってあげるよ」

「いやいや」

「取り分は半々でいいからさ」

「いやいや」

半々は持っていきすぎでは？

3

「百万円は、やっぱり額が大きすぎるよねえ」

隣に座る小此木さんは、そう言うとトレイに乗っているデニッシュを口に運び、美味しさを認めるようにうんうんうなずいた。

腹が減っては戦が出来ぬだよ、という小此木さんの提案で、僕たちは駅前のパン屋に入り、二階のイートインへ移動していた。戦をするつもりはないけど、考えるのに糖分はいる。僕も燃料補給をするつもりで、まったりとした甘さのアイスココアをストローですすった。

「交番に行ったほうがいいですよね」

「高校生が弾き語りして百万もらいましたって言いに来たら、お巡りさんも交番飛び出してギターを弾き始めるかもね」

真面目に考えてくださいよ、と縋るように見つめてしまう。

「ごめんごめん、そんな顔をしないで」

そう言ってから、小此木さんは手を叩き、乾いた音を鳴らした。

「投げ銭には大きすぎる金額、その問題の答えを考えようか」

僕には困った出来事だが、小此木さんにとっては、挑みがいのある難問だったようで、シャーペンを構えてカチカチとノックした。

強盗ヤギの時も暗号を解読していたし、彼女は問題を解くのが好きなのかもしれない。

「お金くれた男の人はどんな感じだったの？　業界人っぽい雰囲気だったとか」

「なんて言うか、社交的な大学生みたいでしたよ」

ほっそりとしたハーフっぽい顔立ちで、大きなシルエットのTシャツを着た、茶髪の若い男だった。異性から好かれそうな、どこか遊びなれている雰囲気がしたのも覚えている。

「じゃあ、音楽事務所のスカウトってことはないかあ」

「多分スカウトの仕事は何も言わずに大金を渡すことじゃないと思いますし」

「間違いなく違うだろうね」小此木さんが大きくうなずき、「無言だったんだ？」と訊ねてきた。

「ええ、最後の曲を演奏してたらお客さんたちの端に立って、腕組んでぶすっとした顔でちょっと怖かったんですよね。で、最後の曲の途中でギターケースに封筒入れて帰っていきました」

「よく見てるねえ。結構余裕があったんだ？」

「演奏をしてる時って、意外と周りが見えるんですよ。集まって聴いてくれたのも十人だったんで、覚えきれないって人数でもなかったですし」

「そうだった、平くんは良ちゃんが認めるくらい目がいいんだった」

目がいい奴、都合がいい奴、そう思われているのではないかと不貞腐れたくなる。

「ところで、良ちゃんは？」

「信じられない話をしていいですか？」

「まだ何かあるの？」

「森巣が今日、弾き語りをしてくれって言い出したくせに、来なかったんですよ。それについての連絡も何もないし」

「えー、うーん、あー」小此木さんが、唸り声を上げる。「いくらなんでもそれは酷い」

まったくですよ、と森巣の話題を追い払う。

「いない奴より、目の前にある問題ですよ。話を戻しましょう」

「うん、じゃあ、平くんの演奏に対してお金をくれたわけじゃないとなると、なんだろうね。お金持ちの気まぐれとか？　おれは金と夢を与えたぞ、こんなことできる自分はすごいぞ、って愉悦に浸っているのかもしれないよ」

「もっと正しいお金の使い方をすればいいのに」

「募金するとか？」

「いいですね。いたずらに僕に渡すより百万倍有意義じゃないですか」

パン屋の二階、窓ガラスに面したテーブルにいるので、ここから外を見ることができる。窓の外、駅前広場には盲導犬の募金活動をしている人たちがいた。レトリーバーが募金箱のそばでのんきに寝転んでいる。日曜日なんだから仕事はしないよ、と開き直っているようで清々しい。

「でも、人にお金をあげる自己満足だとしたら、僕のリアクションを見たり、目一杯感謝されたりしたいんじゃないですか？」

「平くん、百万円もらったのにリアクション薄かったの？」

「いや、その人、封筒をギターケースに入れたら、そそくさと駅のほうに行っちゃったんですよ。相手の反応にも興味がないっておかしいですよね？」

小此木さんが眉間に手をやり、思案するようなポーズを取る。

「臭《にお》うね」

「臭う？」

「そのお金、誰でもいいから押し付けたかったってことじゃない？　大金があるけどお店で一気に使えないし、駅のコインロッカーも埋まってた、どうしようかと思ってたところに平くんが目に入ったんだよ」

言葉の端々《はしばし》から漏れてきた不穏な気配が僕に狙いをつけ、じりじりと近づいてくるようで、たじろいでしまう。

「事件だよ、これは」

4

強盗犯が逃走中に証拠を隠すため、泣く泣く金を僕に押し付けた。そんな事件に巻き込まれているのではないか、と想像してしまう。

スマートフォンを操作し、ローカルニュースのサイトを表示する。見出しをチェックしてみたが、「銀行強盗事件が発生。犯人は桜木町方面へ逃走中」というものはない。隣を見ると、同じくチェックをしている小此木さんが、神妙な顔をしている。

「何かありました?」

「良いニュースと悪いニュースが」

「良いニュースは?」

「虎《とら》のマスクって名乗ってる人が、児童養護施設にランドセルや勉強机を寄付したって」

「世の中捨てたもんじゃないですね」

「くたばればいいと思うニュースは、女子大生に借金を背負わせて風俗店へ斡旋《あっせん》していた男が逮捕されたって」

「それは……」と口にして、言葉を失う。どうして世の中には、そんなに酷いことを平気でする奴がいるのか、と憤りを覚えるし、げんなりする。

「電車の信号トラブルもニュースになってるね。そう言えば、平くんは遅延に巻き込まれなかったんだ?」

「始める二時間前からここに来てたんで大丈夫でした」

「ずいぶん早いね。でもまあ、この辺だったら色々あるし時間も潰《つぶ》せるかぁ」

「いえ、ずっとベンチに座ってました」

小此木さんが信じられない、という顔でまじまじと僕を見つめてくる。

「でもまあ、あそこに大道芸人さんもいるし、駅前でも楽しめるか」

窓から駅前広場に視線を向けると、青いオーバーオールに白黒ボーダーのシャツを着た、ピエロメイクの男が人だかりの前でパントマイムをしていた。機械仕掛けの人形のような規則正しい動きで、壁を作ったり動かない鞄《かばん》に悪戦苦闘したり、とコミカルな動きをしていた。奇妙とも愉快とも取れる不思議な光景に目を奪われる。

「あの人は、僕の弾き語りが終わった後に来たんで、いなかったですね」

「じゃあ何してたの?」

「ぼーっと駅前の風車を見てました」

小此木さんがまた、信じられないという顔をする。もし森巣が先に来て、僕がいなかったら帰るんじゃないかと気にしていたのが馬鹿らしい。

「もしかしてさ、その二時間で何か変なものを見ちゃったんじゃない?　その口止めにお金を渡されたとか」

「子供がアイスを落として泣いていたのは見ましたけど」

関係なさそうだね、と小此木さんが口にし、腕を組む。

「あっさり解決できるとは思ってなかったけどさ、手がかりが少ないね」

僕が何かを見落としていたということはないと思うが、情報提供ができず申し訳なく思う。もし、森巣だったらすぐに解決できるのだろうか。

「ねえ、このことを良ちゃんには相談しないの？」

小此木さんも同じことを感じたようだが、思わず眉がぴくりと痙攣する。

森巣なら、と思う気持ちはあっても、今は素直に頼る気になれなかった。

弾き語りに来なかったことへの怒りがまだ消えていないし、頼るのはなんだか癪だ。

「僕は森巣が来なくても弾き語りができたんです。この問題も、自分でどうにかしますよ」

「平くんって」

「何ですか？」

「意外とムキになるんだね」

「別にムキになんてなってないですよ」

全然なってませんね、と平静を装う。

「連絡なしですっぽかす奴は、仲間に入れてあげません」

「そして根に持つタイプなのか。だんだん平くんのことがわかってきた」と小此木さんが苦笑する。「でもさ、わたしは頼ってもいいんだ？」

それは、と返答に窮する。大丈夫なんでお帰りください、とは心細いので言えない。

「っていうか、よく考えたらすいません、小此木さんは困りますよね」

この百万円にまつわるトラブルに小此木さんは無関係だ。これから何か予定があるかもしれないし、巻き込んでしまうのは申し訳ない。

「親にお金払ってもらってるから、五時からの予備校には絶対に行く。でも、それまでだったらいいよ。一緒に謎解きして平くんと仲良くなっちゃった、って良ちゃんを悔《くや》しがらせたいしね」

「別に悔しがらないと思いますけど」

「悔しがるって。良ちゃんは本当の友達がいないんだから。自分の役目が取られたと思うんじゃない？」

「そんな子供みたいな」

「子供っぽいよ。怒りっぽいし理屈っぽいし偉そうだし」

森巣は気にくわない事件が起こると、探偵のような頭脳と時には腕力を武器に、介入していく。誰かに任せておこうとしないのは、他者に手を差し伸べようという優しさなのか、それとも世の中のことを割り切れていない幼さなのか。格好いいなと素直に感心することもあれば、その生き方は大変そうだなと思うこともある。偉そうだという意見は、その通りだ。

「でもやっぱり、小此木さんに迷惑をかけるわけには」

気が引けて、言い淀んでしまう。

「平くんも、良ちゃんの悔しがる顔見たいでしょ？」

「見たいです」

即答だった。

5

小此木さんがしゃっしゃとシャーペンを走らせる。爽快《そうかい》な音と共に、テーブルの上のノートに写実的なタッチで男の顔が描かれていく。

「わたし、その人の似顔絵を描くよ」と小此木さんが言い出した時、「どうしてまた」と首を傾げた。意味があるのだろうかと困惑していると、小此木さんが「来ると思うんだよね」と予言めいたことを口にした。

「気が変わったから、やっぱり百万円返せってこともありうる」

「そうなったら素直に返しますよ」

「でもそれが誰かから盗んだお金とかだったらどうするの？　犯人に返しちゃうの？」

「それは……返したくはないですけども」

「でしょう？」

「でも僕は顔を覚えてるから、似顔絵なくても困りませんよ」

「わたしが困るの。見てないんだもん。ここからなら二人で監視ができるでしょ」

記憶の中では男の顔を鮮明に思い出せるけど、それを言葉にするのに苦戦した。顔の骨格、眉の形や鼻の大きさや高さ、唇の厚さなど顔のパーツを伝え、印象が違っていればニュアンスを説明していく。

「どうかな？」

小此木さんにノートを差し出される。写真のようだと言えば大袈裟だけれども、「似てますよ！」と感嘆の声をあげるほどのものだった。百万円をくれた男にプレゼントしてあげたいくらいだ。「これ俺じゃん！」と喜んでくれるのではないかとさえ思える。

「すごいですね、これ。警察に渡したら捜査の役にも立ちますよ」

そう言って隣を見ると、小此木さんの表情が固まっていた。

「ゾンビ」

「トンビ？」

このあたりにいるのは鳩《はと》かカモメだと思うけど、と怪訝に思いながら窓の外に視線を移し、ぎょっとする。

駅前広場に、不審な男がいた。

上半身裸で、何かに吊《つ》り上《あ》げられているように両腕を伸ばし、よたよたとした足取りで移動している。

半裸男に気づいた人々は、遠巻きに動向を観察していた。親子連れは慌ててその場を離れ、女子高生たちは身を寄せ合い、外国人はスマートフォンを向けて撮影している。

なんだかゾンビ映画のワンシーンを見ているようだった。映画の冒頭、何故かゾンビが突如として街中に現れ、油断した人々が一人、また一人と襲われる。陳腐《ちんぷ》だけど、わかりやすく、よくある展開を想像してしまう。

が、これは映画ではない。口をぽかんと開けて当惑する。

「季節外れのゾンビかな」

「ゾンビに季節があるんですか？」

「ハロウィンとか」

「あー」と曖昧にうなずき、広場に視線を巡らせる。ハロウィンの仮装をするノリであれば、他にも仲間がいるのではないかと思ったが、見当たらない。

暑くて変な人が出てくるにも早いし、ハロウィンにも早い。あの人は一体何がしたいのだろうか。公共の場所を何だと思っているのだ、と眉をひそめる。

「あ」と僕と小此木さんの声が同時に出たのは、その直後だった。

ヘッドフォンをした男がスマートフォンを操作しながら、ゾンビがいるほうへまっすぐ歩いていく。

危ない、という気持ちと、さすがにそんなことは、という気持ちがせめぎあった。

まさか、本当に襲わないよね？　と。

だが、襲った。

ゾンビは旧友との再会に感極まったように、通りかかったヘッドフォン男に抱きついた。旧友であれば、「久しぶりじゃないか」と盛り上がるかもしれないが、見ず知らずの半裸の男性に抱きつかれたらそうはいかない。

ヘッドフォン男は狼狽《ろうばい》した様子でゾンビを振り払うと、地面に転がるゾンビを気味悪そうに一瞥し、そそくさと離れていった。

窓の外から視線を外し、小此木さんを見る。意味がわからない、と顔をしかめていた。

「襲われた人、行っちゃいましたけど、大丈夫ですかね」

「何が？」

「嚙まれて感染しちゃうとか」

冗談を言って平静を装いたかったが、口にすると子供じみていて恥ずかしくなる。

「あ！」

小此木さんが目を見張り、驚きの声をあげる。

ゾンビが立ち上がり、両手を伸ばして次なる獲物を探すようにのそのそと歩き出していた。まだやるつもりなのか？

「ほら、平くん見てよ」

「見てますよ。悪ふざけも大概にしてほしいですね」

「じゃなくて、ほら」

そう言って、似顔絵を窓に掲げた。目を凝らし、今日何度目かの「あ」が僕の口からも飛び出る。

「ほら、似顔絵が役立ったでしょ」

今までこちらに背を向けていたのでわからなかったが、ゾンビの顔を見ると小此木さんの描いた似顔絵とそっくりだった。

百万円を渡してきた男だ。

6

百万円だけではパンチが足りないと思ったのか、男はゾンビになって戻って来た。頭の中が疑問符で埋め尽くされていく。

　僕の混乱にはおかまいなしに、ゾンビが通りかかったカップルの男に抱きついた。

　二人の世界に闖入《ちんにゅう》してきたことに腹を立てたのか、男がゾンビを突き飛ばし、何か文句を言っている。が、ゾンビにコミュニケーションをする気はないようで、再び両腕を伸ばして接近を開始した。

　男はゾンビに立ち向かい、パンツのベルトあたりに手を回すと、綺麗に足を払った。ゾンビが背中から、地面に倒れる。今のは柔道か何かの技だったのかもしれない。

　ここはまるで観戦席だ。だけど僕はサポーターではない。どうしたものかと傍観していたら、小此木さんが指を差した。

「誰か来たよ」

　促されて目をやると、三人の男たちがレフェリーよろしく駆けつけて来た。

　背広、ポロ、黒Tの三人組で、格好は違うけどみんな鍛《きた》えているのが体格からわかるし、物騒であるとか野蛮であるとかそういった雰囲気をおそろいで身に纏っている。

　柔道技を決めた男も、ゾンビよりも三人組に慄《おのの》いている様子だった。剣呑な雰囲気になり、三人組と間合いを取ると彼女を庇うように身構えて何かを言い合っている。

「あの人たち、敵？　味方？」

「雰囲気はどうみても、ヤクザですけど」

「ゾンビVSヤクザだね」

「B級映画じゃあるまいし」返事をしつつ、そこで僕は、これは何かの撮影をしているのではないか、と思い至った。映画のようだと思っていたが、本当に映画を撮っているのではないか。このあたりがロケで使われることはよくある。映画でなくとも、テレビ番組の壮大なドッキリ撮影かもしれない。

だが、駅前広場にはスマートフォンを向けている人はたくさんいるものの、大きなカメラを構えた撮影クルーと思しき人たちは見当たらなかった。怒らないから嘘でしたと言って安心させてほしい。なかば縋る気持ちで視線を彷徨わせる。

その時、迫力のある咆哮《ほうこう》じみた声が聞こえてきた。

びりりと空気が震えたようだ。びっくりし、体が浮く。

声のしたほうを見ると、いつの間にか襲われたカップルはいなくなり、強面《こわもて》三人組がゾンビを取り囲んでいた。さっきの声は、彼らが怒鳴《どな》ったものに違いない。

三人組は、ゾンビの両サイドに立つ者がゾンビの腕に手を回し、先頭に立つ一人が周囲とゾンビを警戒する「絶対に逃がさない構え」と呼べそうな陣形を取っていた。敵も味方もないので、どっちを応援するわけではないけど、固唾《かたず》を飲んで行く末を見守る。

ゾンビは体を揺すり、腕を振り回して暴れていたが、筋力では敵《かな》わなかった様子で、ずるずると駅のほうへ引きずられていった。拉致《らち》だ、と理解しているのに何をするのが正解かわからず、呆然としてしまう。

手際の良い、あっという間の出来事だった。

三人組により、駅前広場から無事にゾンビは排除された。

だけど、疑問は消えていない。

終わったの？　一体誰なの？　何が起こったの？　説明が欲しい。

時間が流れてもアナウンスもないので、駅前広場の人たちは、きょろきょろ互いの顔を確認しながら、パチンと夢から覚めたようにそれぞれの生活に戻っていった。起き上がっていた盲導犬レトリーバーは再び体を伏せ、腰に手を当てなりゆきを見ていたパントマイマーもパフォーマンスを再開した。

隣の小此木さんと顔を見合わせる。難解な映画を見た後、どんな感想を口にしたものか、と悩むのにも似ていた。

「一つ、ハッキリしたね。やっぱり、その百万円は絶対ヤバいお金だよ」

膝の上のバッグが、ずしりと重くなったように感じた。逃さないぞ、というプレッシャーの重さだ。これ以上、僕が持っているのは危険だ。百万円を誰かに渡して解放されたい。どうしましょう、と眉尻《まゆじり》が下がる。

そんな僕の不安をよそに、小此木さんが興奮気味に言った。

「さあ、ややこしくなってきたねえ」

7

百万円を僕に投げ銭した男は、何も言わずに立ち去ったが、ゾンビの真似事《まねごと》をして駅前に戻って来て人を襲い、いかつい三人組に連れていかれた。連れていかれた理由に、百万円が絡んでいないとは考えにくい。

膝の上のボディバッグに入っているものが、お金ではなく爆弾に思えてきた。今にもドカンと爆発するのではないか、と不安が募《つの》る。

「交番に行きましょう」

僕にはどうにもできないし、それが手持ちの駒《こま》で唯一指せる手である。僕は今更弱気になってそう提案したのだが、小此木さんは力強く首を横に振った。

「まだ早いよ。考えてから決めよう」

「まさか警察が嫌とか、森巣みたいなこと言わないですよね?」

過去に何があったのかは知らないけど、森巣は警察を毛嫌いしている。平和を守ってくれている正義の味方というよりも、嫌いな奴を刑務所に入れてくれる都合のいい奴ら、くらいにしか思っていないようだった。事件の真相を知って警察に通報しないこともあるし、逆に警察に知られたらまずいこともしている。

森巣の行動は、間違っていないようにも思えるけど、百パーセント正しいことをしているとも思えない。無茶なことをするので、危なっかしくて冷や冷やしてしまう。

森巣はしょうがないとしても、生徒の見本であるべき生徒会長の小此木さんは、常識的な振る舞いをしなければ駄目でしょうに。

「犯罪に巻き込まれているなら頼るべきは警察ですって。きっとなんとかしてくれますよ」

「警察って言ってもね、映画みたいに傷だらけで血まみれになりながらガラスの上を裸足《はだし》で歩いてテロリストをやっつけたり、子供のために最後の一秒まで爆弾処理に挑む熱心な人ばっかりじゃないの。気を配っていたのですが申し訳ありませんとかって言って、はいお終《しま》いさようならってこともある」

森巣みたいに、映画の例えを言っている。思えば、小此木さんは僕より森巣との付き合いが長いから、その分だけ毒されている部分があるのかもしれない。

子供の頃に母親の恋人から酷い目に遭ったという話を教えてもらったことも思い出す。それが関係しているのだろうか。

「やる気を漲《みなぎ》らせた、熱血警察官もいるかもしれませんよ」

「やる気が空回ることだってあるよ」

小此木さんは頑《かたく》なだった。

「何も、警察に絶対行くなと言っているわけじゃないんだよ」

「そうなんですか？」

「そりゃそうだよ。一般人、ましてや高校生の手に負えないこともあるんだから」

「じゃあ今行かない理由はなんですか？」

「わたしたちが警察に行った後、平くんに会いに戻って来たらどうする？」

「誰がですか？」

「ゾンビでもいいし、あの三人組でもいい。それで、『おい、さっきの百万円を返せよ』って言ってきたらどうする？」

「そりゃ、警察に渡したからもうないって言いますよ」

「不安にさせるようで申し訳ないけど、それが通用する相手じゃないかもよ。お前の都合なんて知らない、いいから返せって詰め寄られるかもしれない」

「理不尽な」

「話の通じない相手はいるんだよ」

言葉が釣り針のように飛んできて、記憶の海から嫌な思い出を引っ張り上げる。

小学三年生の時の話だ。車椅子に乗る妹にわざとぶつかってきて、「座って運ばれて、優雅なもんだな」と絡んできた男がいた。僕が謝罪を求めると、胸倉をつかんで唾を飛ばしながら何かを喚いていた。

世の中には弱い者を相手に一方的な理屈を押し付け、力で脅し、自分の思い通りにしようとする輩《やから》もいる。腹の立つ出来事だったが、相手に静海が車椅子でタックルしたことや、駅員が止めに来たこと、母親が僕らを褒めたことも思い出し、苦笑する。

あの時、僕は文句を言うしかできなかったし、静海に助けられてしまった。僕に勇気があれば、別の解決ができたのだろうか。

警察に通報することが正しいことだと、今までの僕なら信じて疑わなかっただろう。だが、誰かと行動を共にしたことで、自分で考えることも大事だなと思い始めていた。警察に行くのは、何が起きてるのか自分なりに考えてからでも遅くはない。

自分の思考を放棄することは、何よりも愚かなことに思えた。

「わかりました、考えましょう」

戦う決意をしてうなずくと、小此木さんが不敵に笑って手を叩いた。

「そうこなくちゃ。わたし、目の前の問題に挑まないって性に合わないのよね」

意外とこの人も血の気が多いんだな、やはり森巣と仲が良いだけのことはある。

「あっそうだ、封筒の中身はお金だけだったの？」

「ええ」答えつつ、人前で札束を出すのは憚《はばか》られたし、ぱらっと確認した程度だから、ちゃんと枚数も確認していなかったな、と思い出す。「一応、見てみますか」とボディバッグを開けて、茶封筒を取り出す。

周囲を確認してから中を覗き、右手を入れた。

一枚ずつ捲って何か挟まっていないか、本当に百枚あるかを調べてみる。感触は本物だし、新聞紙で数をごまかされていることもない。

「何か入ってる？　鍵とか発信機とか」

「いや、やっぱり、そういうのはなさそうですよ」

そう言って数えていたら、指が百一枚目の紙に触れた。てっきり、百万円だと思っていたので、袋の中を覗き込む。

一番後ろに、白い紙が混ざっていた。指で挟み、するりと抜き出す。

怪訝に思いながら確認すると、紙にはプリントアウトされた文字が整然と並んでいた。

『何卒《なにとぞ》、内密によろしくお願い致します』

8

僕は口が固い。秘密は守る。が、念押しで百万円をもらうような秘密はない……はずだ。

「内密にしてほしいみたいですよ」

口にしながら、何を？　と眉根に皺が寄る。

自分は今、百万円だけではなく、誰かの秘密を握っている。そう考えたらとても居心地が悪くなってきた。

はっとし、この瞬間も僕が何か秘密を漏らさないか、誰かが監視しているのではないか、と背後を確認する。イートインスペースは比較的空いてて、テーブル席に五人いるだけだった。親子三人と、カップル二人だ。

彼らは窓際から離れたテーブル席に座っており、僕らを気にしている様子はなかった。母親が子供の口にパンくずを取ってあげているのが微笑ましい。カップルのほうは彼氏の口元にパンくずがついていたが、彼女は何も言わなかった。だけど美味しそうに頰《ほお》張《ば》る彼氏を嬉しそうに眺めている。これはこれで微笑ましい。

「平くんは、あのゾンビと面識はなかったんだよね？」

「あんな変な知り合いはいないですよ」

「考えたんだけど、やっぱり平くんが二時間もベンチに座っている間に、何かを見ちゃったんじゃない？　それで、ヤバイぞ見られたぞって焦って、口止め料を渡したとしか」

「百万円の価値がある何かなんて、さっきも話しましたけど、特に何もなかったですよ」

例えば、置き引きや誘拐、鞄を無言で交換するような怪しげな取引なんてものは目撃していない。

「仮に僕が何かを目撃したとして、秘密を抱えた人間が、あんな目立つことしますかね」

ふむ、と相槌を打ち、小此木さんがスマートフォンを操作する。ゾンビ、真相、とかで検索して理由がわかったりしないだろうか。

「あった」

「あったんですか⁉」

スマートフォンを向けられる。身を乗り出して確認すると、鳥のマークで有名なSNSが表示されており、僕に百万円を渡したゾンビの動画や写真がいくつも投稿されていた。ゾンビの奇行や拉致した三人組を不気味がっている人もいれば、パフォーマンスを楽しむようにコメントしている人もおり、賑わっている。

「ゾンビパンデミックだって面白おかしく書かれてるねえ」

「抱きつかれた人からしたら、少しもおかしくないでしょうけどね」

そう言いながら、僕もスマートフォンをいじってネットを漁《あさ》り、百万円に関するものはないかを調べてみる。が、見当たらない。こんなに人がいるのに、同じ悩みを抱えている人がいないというのは、大海に一人ぼっちで浮かんでいるような心細さがある。

「いいか、重要なのは結果だ。意味のない妄想をしないで、結果から原因を考えろ」

小此木さんが声を低くし、芝居めいた口調で言った。

「森巣の真似ですか？」

「そう、わかる？」

「そういうこと言いますよね。上から目線が似てましたよ」

「良ちゃん的に結果から鑑《かんが》みると、やっぱりゾンビは目立ちたかったんじゃないかな」

確かに結果的には注目を集めることになった。だとすると、こういう考え方はどうだろうか。

「ゾンビは百万円を持ってあの三人組から逃げていた。このままだと捕まって酷い目に遭わされる。でも、さすがに人前だったら手を出されないと思って、注目を集めたっていうのはどうでしょう?」

良い案ではないかと思ったのだが、小此木さんは首を横に振った。

「人目は引くけど、逃げるタイミングがなくなっちゃう」

「確かに、そうですね」

小此木さんはカチカチとシャーペンをノックし、「じゃあ逆にさ」と説明を始めた。

「自分が捕まる瞬間も撮影してもらいたかったんじゃないかな。あの三人組も映れば、見る人が見たら誰に捕まったのか、どこに運ばれていくのかもわかるんじゃない? 仲間がそこに助けに来てくれると信じてるのかも」

「ネットに写真があがっても、話題にならないかもしれないですよ」

「意外と簡単なんじゃないかな。コンビニの冷蔵庫に入ったり、ハロウィンで暴れたり、誰かの迷惑になることをすれば、みんなが叩きに来る世の中じゃない。さっきのも、立派な強制わいせつ罪だしね。女の人と子供には抱きついてなかったみたいだけど、男から見てもアウトでしょ？」

自分が見知らぬ半裸の男に抱きつかれたらと想像し、身震いした。アウトもアウト、退場ですよ、と口を尖らせる。

退場、と思ったら自分もちょっと中座したくなった。トイレだ。

「ちょっとお手洗いに行ってきます」と小此木さんに告げ、席を立つ。店内にトイレはなく、ショッピングモールの隅にあるので一度店を出て通路を移動する。

トイレで用を足し、店に戻りながらぼんやりと考える。小此木さんの言う通りだとすると、ゾンビを捕まえたあの三人組が何者なのかが大事な鍵になる。

「ねえ」

物騒なことをしているのは間違いないと思うけど、調査に出かけず、パン屋のイートインで安楽椅子《あんらくいす》探偵の真似ができるだろうか。引き続きネットで新たな情報が出てくるのを待つことくらいしかできないと思うが。

「ねえってば！」

振り返ると、黒いパーカーにジーンズ姿で、顔にマスクをした女性が立っていた。金色に染められた髪は後ろで結われている。ちょっとコンビニに行くような格好をしていた。

知り合い、ではない。

「あんたよね？　あたし、見てたんだけど」

9

マスクをした見ず知らずの女性から「見てた」と言われた。

何を？

警戒しながら立ち止まっていると、金髪女性はマスクを下にずらして笑顔を覗かせ、軽快な足取りで近づいて来た。まだ二十代前半くらいだろうか。化粧は薄く、つるりとした綺麗な肌をしている。素顔を見せることで、こちらに気を許してくれたような気がしたけど、誰だかわからず、体が強張った。

「やるじゃん、最高だったよ」

得点をあげたチームメイトを迎えるような、友好的な口調だった。そこでやっと、相手が何を言っているのかわかる。照れ臭さを感じながら、「ありがとうございます」と伝える。二人を繋いでいる緊張の糸がふっと緩むのを感じた。

僕の弾き語りを聴いていて、それで声をかけてくれたのだ。

「っていうか君、結構若くない？　大胆なことするね」

感心するように彼女は言ったが、ここで疑問が浮上してきた。金髪女性に見つめられるのでこちらも観察をする。

彼女に見覚えがなかった。弾き語りを聴いていた十人の中に、いなかった気がする。

「あの、演奏はどうでした？」

「聞こえなかったよ。歩道橋から見てたから」

さっぱりとした口調で言われ、「え？」と困惑する。

「じゃあ、歩道橋で何してたんですか？」

「だから見てたんだって」

「高みの見物をしていたわけですね」

つまらない冗談を言ってしまったと思ったけど、金髪女性は「そうそう、それそれ。まさしく」と目を細めた。

「あいつあたしに泣きながら電話してきて、傑作だったんだよ。知るか早《は》よ死ねって思ったわ」

あいつとは誰のことか僕が訊ねるよりも先に、金髪女性が右手をこちらに向けてきた。握手、というわけではなく、名刺が差し出されている。

受け取り、確認すると、聞いたことのある企業名と、大宰治《だいざいおさむ》という人物の名前が書いてあった。かの文豪と一字違いだ。

「そいつもあいつの仲間でさ、まじ人間失格な奴なんだわ」

「恥の多い生涯なわけですか」

「恥だらけだよ。恥を恥とも思ってねえ、腐ったゴミみてえな女の敵サイコクズ野郎」

罵詈《ばり》雑言に面食らいながら、そんな肩書を持つ大宰治氏の名刺をどうすればいいのかわからない。「で、この人がなんなんですか？」

「そいつも去年まで大学生で、散々酷いことをしてたくせに、今は有名な会社に入ってのうのうと生きてるわけ。許せないっしょ？　憎まれっ子が羽ばたいてるわけ」

羽ばたくじゃなくて、憚るですよ、という指摘を飲み込み質問をぶつける。

「でも、あの、言いにくいんですけど、それが僕とどんな関係が？」

金髪女性が軽蔑《けいべつ》するような目線を僕に向ける。関係があるのか？　という言い方がまずかっただろうか。子供に暴力を振るう大人や嘘をつく政治家と同様に、女泣かせの男も一緒に憎んであげればよかったのか。

「やっちゃってよ。さっきみたいにさ。あたしの電話かけたタイミングも完璧《かんぺき》だったっしょ。金渡せば許されるって思われんのムカつくしさ、また協力するから、これからもあいつらをガンガン地獄に落としてこうよ」

「どうしてお金のことを知ってるんですか⁉」

思わず、大きな声を出していた。封筒の中身がお金だということは、僕と小此木さんと、封筒を入れたゾンビしか知らないはずだ。

「は？　ちょっと待って。え？　だって君、あいつから金を受け取ってたじゃん」

「実は、何が起きてるのか、わけがわかってないんですよ。あなたが何を言っているのかも。教えてください。電話ってなんのことですか？　あのお金とゾンビ男は一体なんなんですか？」

相手の怒りを買わないように、おそるおそる差し出すつもりで疑問を口にする。

しばらく僕が無言で見つめていると、彼女は表情を曇らせた。

「ボケてんの？」

「真剣ですよ」とこれ以上ないくらい真面目な口調で答える。

僕らを繋いでいた見えない糸が再び、ぴんっと張るのがわかる。千切れるのでは？　と不安になるほどだ。金髪女性が顔色を変え、口元に手をやる。しばらく逡巡するような間を置くと、回れ右をし、そのままゆっくりと歩き出した。

あまりにも自然な動作だったので、ぼうっとしてしまった。去っていく姿に向かって、まだ話の途中ですけど、と呼び止めようとしたその瞬間、金髪女性は地面を力強く蹴った。

陸上選手のような綺麗なフォームで走り出し、小さくなっていく背中を見つめながら、我に返る。

絶対に逃すわけにはいかない。

そう思って追いかけたけど、逃げられた。

10

自分の失態を報告するのは辛いものだ。

「逃げられちゃったのは平くんのせいじゃないよ」

自分の失態を優しく慰められるのも、それはそれで辛いものだ。

「相手の足が速かったんだからさ」

「足が遅くてごめんなさい」

「ドンマイだよ、切り替えていこう！」

ベンチに戻ってきた選手を励ますコーチのように、小此木さんが僕の肩を叩く。

「こっちは平くんがトイレ行ってる間に調べてたんだけど、早速ゾンビが燃えてるよ」

反射的に、ゾンビの体が炎に包まれ、よたよたと歩いている場面を思い浮かべてしまったが、すぐにかき消す。これは現実だ。ゾンビの新情報はなんだろうか。

「半裸で抱きつく迷惑な馬鹿は誰なんだ？　って怒りの炎がそりゃあもう、めらめらと」

「どこの誰か炙《あぶ》り出《だ》されるのも、時間の問題でしょうね」

「それなら、もう特定されたよ。ＳＮＳのアカウント、通ってる大学、アルバイト先、飲み会の写真までたくさんネットに流れてる」

小此木さんがスマートフォンの画面を向けてくる。顔を近づけて確認すると、間違いなく、僕に百万円を渡し、ゾンビになった男だった。

「平くんに話しかけてきた女の人の話を聞いた感じだと、この人がゾンビごっこをしてわざと注目を集めたっていう推理はハズレだね」

「そうですね。なんだか脅されているみたいでしたよ」

「女の敵って言ってたのも気になるし、あの三人組に連れていかれて今頃どうしてるんだろうね」

「職員室でお説教、みたいな甘いことはないでしょうねぇ」どこぞの事務所で暴力を受けているかもしれない。得体の知れない百万円を持っている自分にその暴力の矛先が向かないか、改めて不安になる。

「ああいう物騒な人たちが出向いてきたってことは、商売の邪魔をされたからだと思うんだよね。っていうことは、ゾンビはそういうお店の客で、女の敵になるようなことをしたってことじゃないかな？」

そういう、とは「夜の」とつくような店だろう。

「なるほど。でも、ゾンビになった理由は？」

「お店で働く人が結託して、トラブルを起こして逃げてる迷惑な客を脅迫したんだよ。手紙にあった『内密にしてください』ってのは、平くんが何かを見ちゃったからじゃなくて、ゾンビがお店の人に握られてる弱みについてなんじゃないかな」

「けど、言うこと聞いたのに拉致されるなんて割に合わないんじゃないですか？」

するると、小此木さんが腕を組み、得意げな顔つきで「それが目的だったのだよ」と芝居じみたことを言った。ので、「と、言いますと？」と調子を合わせる。

「女の人に脅されて、気の済むように言う通りにしたら、さすがに許してもらえるだろうと油断していたんじゃないかな。だけど真の目的は、逃げてるあいつを見つけ出すことだった。のこのこ現れたところを、あの三人組が捕まえる。一石三鳥作戦」

金、恥、暴力で一石三鳥というわけか。

「平くんが話したのはお店の人で、歩道橋から監視をしてて、お金を渡すのとゾンビごっこをしてるのを確認したから男たちを電話で呼んだ。ほら、これも繋がる」

確かに小此木さんの言う通りであれば、筋は通る。

だけど、解決されていないこともある。

「ゾンビはどうして僕に封筒を渡したんですかね」

「それは、平くんが、お金の受取人と人違いをされたんだよ」

「百万円を渡す相手ですよ？　例えば顔が似てたとしても、慎重になりませんかね。それに、この百万円は結局どうするのが正解なのか。警察に事情を話すべきか、三人組を待って渡すべきか」

あの屈強な三人組が僕を探し、「百万を返せ」と家にやって来たら、困るだけの話では済まない。僕に、妹と母親を守れるのか？ と自問してみるも、腕力のなさは自分が一番知っている。

「どうしようねぇ。警察に今の推理を伝えても、見回りに来ますよ、くらいだと思うし」

小此木さんは、謎を解いた時の威勢の良さを失い、頬を掻いている。

情けないけど、脳裏に森巣がちらついた。もし、森巣に相談をしたら、対処方法を一緒に考えてくれるだろうか。そろそろ意地を張るのはやめようか、と弱気になる。

そこで、はたと不安になった。

森巣に対して、「来ないのかよ！」と腹を立てていたけど、何か事情があるのかもしれない。

「もしかしたら、森巣も何か事件に巻き込まれていたりして」

「良ちゃんは巻き込まれる側ではないと思うよ」

「人の気も知らないで、巻き込むタイプですよね」

と言ったその時だった。テーブルの上でスマートフォンが震える。

『森巣良』と表示されていた。

噂をすればだな、と驚きつつ、咳払《せきばら》いをして通話ボタンをタップする。

「もしもし？」

「平、お前、今どこにいる？」

トラブルに巻き込まれているような切迫した様子はない。が、連絡しなかったことや、遅刻していることに後ろめたさを感じている様子もない。

「今、小此木さんと桜木町のパン屋にいるよ。駅ビルんとこ」

「なんだ、霞もいるのか？」

「ああ、誰かと違って、小此木さんは弾き語りを聴きに来てくれたんだ」

「そうか、俺もこれから電車に乗って桜木町に向かう」

嫌味が通じなかったことにむっとしつつ、「何か言うことがあるんじゃないの？」と口を尖らせる。

「そう不機嫌になるな、サプライズだ」

「ああ、君が弾き語りをしろって言ったくせに、来ないなんてね」

「でも、驚いただろ？」

「驚いたけど、甘いよ。こっちではもっと驚くべきことが起こってる。驚き負けだね」

さて、どう悔しがらせてやろうか、と小此木さんと目配せをし、焦らしながら説明する方法を思案していると、スピーカーの向こうから、思いもよらぬ言葉が聞こえてきた。

「当ててやる、百万のことだろ？」

11

僕と彼の間には、見えない壁がある。彼は、透明な壁の存在に気づくと首を傾げ、不思議そうに空中を叩いた。この見えない壁を回り込めるのではないか、と手のひらで壁に触れながら少しずつ横にずれていくが、終わりが見えてこない。どこまでもどこまでも、永遠に見えない壁が続く。

遠くからではわからなかったけど、目の前に立つと瞼の上から縦に引かれた線や、頬に描かれた涙のマークが見え、メイクにも気合が入っていたんだなと感心してしまう。

桜木町の駅前広場、僕の弾き語りと入れ替わりで、彼はずっとここにいた。

「これ、あなたにだったんですね」

札束の入った封筒を、ピエロに向けて掲げる。

ピエロは声をかけられて固まり、まじまじと僕を見てきた。

無言で何かを確かめ合うような沈黙が生まれ、しばらくしてからピエロの纏っている空気が変わった。

「やあ、戻って来てくれたんだ」

想像していたよりも若く、そして穏やかな声だった。人通りの多い駅前広場ではなく、野原にでもいるような朗らかさがある。

どうして僕は大金を渡されたのか、その答えはシンプルなものだった。

人違い。そこまでは、小此木さんとの推理でわかっていた。

では、誰とどうして間違われたのか？

「ゾンビには何て指示をしてたんですか？　僕とあなたは似てないと思うんですけど」

「駅前広場のパフォーマーに金を渡せ」

ああ、と納得の声が漏れる。

僕が弾き語りをしていた時、他に何かを披露している人はいなかった。いたのは、寝そべるレトリーバーくらいだ。

「ぼくが遅れたせいで、君のところに行っちゃったんだ。電車の信号トラブルで足止めされちゃってさ。ごめんね、驚いたでしょ」

ピエロは素直に、出来事の裏側《うらがわ》を認めていく。悩んでいた時間は一体なんだったのか、と拍子抜けする。

何故、あの大学生はゾンビごっこをしたのか。

それはやはり、脅されていたからだ。

では、ゾンビは誰から、何故脅されていたのか。

森巣は詳しいことはピエロに聞け、と言った。

「ニュースになっていましたね。あれが関係しているとか」

「ニュース?」

「女子大生に借金を背負わせて、風俗店で働かせていた男が逮捕されたって」

小此木さんがスマートフォンで見つけた、嫌なニュースだ。

「そうそう。そういうことをしてる大学生のグループがあってね。仕返しするのが目的だったんだよ」

「仕返し、ですか」

その言葉が持つ幼さと、実際に起こったことのギャップに戸惑ってしまう。

「うん。友達が恋人だと思っていた男にぼったくりバーに連れていかれて、払えないなら体で稼げって店を斡旋されてね。話を聞けた時にはもう、ぼろぼろになっていたよ」

淡々と語られるが、心がずしんと重くなる。

「ぼったくられたって警察に相談はしたんですか?」

「店は正規の料金だって言い張るから、平行線になるんだ。そうなると、警察は『民事だから裁判してくれ』って言ってお終い。正義の味方は助けてくれないもんだね。まあ、警察を頼るつもりはないからぼくには関係なかったんだけどさ」

「関係ない?」

「仕返しなんてどうせ自己満足なんだから、自分でぎゃふんと言わせないと意味ないいんだ」

開き直りに似た答えは言い訳を並べるよりも清々しくて、ぎゃふんという言い方は控えめすぎではないか、ということのほうが気になった。

「で、あなたは何をしてたんです？」

「悪行を世間にばらされたくなかったら、金を払うか恥をかけって要求したんだよね。これから就職活動を始める前途洋々な若者にたっぷり後悔しながら生きてもらいたかったからさ。ニュースになっていたのは、お金を払わなかったから見せしめにした一人。今日、相手にしてもらえないと困るからね」

見せしめは効果的だっただろう。ふざけた脅迫だ、どうせ口だけだ、と仲間内で言い合っていたけど、相手が本気だとわかり、ゾンビは今日に臨んだというわけだ。

でも、疑問がある。

「お金も払ったし、ゾンビの真似もしましたよね。どうしてですか？」

「なんでだと思う？」

ピエロは興が乗った様子で、そう言うと腕を組んだ。ピエロの衣装のせいで、滑稽《こっけい》な芝居に巻き込まれている気恥ずかしさを覚えつつ、真剣に答えてみる。

「反省しているから、お金も払うし、恥もかかせてください、と思ったとか」

「本気で言ってるなら、君は良い人だね。でも残念ながらあれは、単に渡す相手を間違えたからやってもらったんだよ。ぼくじゃなくて、君に渡したからさ」

「自分が遅れて来たくせに」

「まあね。ぼくは良い人じゃあないし。金を払ってもらって悪いけど、人違いしたんだからゾンビごっこもしてよって連絡したら、すごい怒ってた」

ピエロは悪戯がばれたみたいに頬を緩めた。人を脅迫する犯罪者と対峙《たいじ》しているのに、この緊張感のなさはなんだろうか。気さくな上級生と話をしているような気になる。

「で、警察に駅前で迷惑をかけている現行犯として逮捕してもらったわけ」

森巣から聞いて驚いたが、あのいかつい三人組は警察だったのだ。また僕は人を見かけで判断してしまった、と大いに反省する。

「さっき、警察は頼らないって言ってませんでしたっけ」

「頼る、というか刑務所に入れるための手段にしたんだよ。金を取られて、恥もかかされて、逮捕される、踏んだり蹴ったりだろうからね」

ピエロはそう言うとおもむろにポケットに手を入れ、何かを取り出した。それを口元にやり、ふーっと息を吹き込むと長い筒のように伸びた。風船だと気づく。彼は、見事な手際で、すいすいと風船を丸めたり捻ったりし、あっという間にプードルを作り上げた。

振り返ると、小さな女の子が立っていた。花柄《はながら》のワンピースがよく似合う。ピエロがしゃがみ、それを女の子に手渡す。

「ありがとう！」と女の子ははにかみ、少し離れた場所で立ち話をしている母親の元へ駆けていった。あの子が成長し、悪い男に騙されて、お金を奪われたり、やりたくもないことをさせられたりするのかもしれないと思うと、途端に暗澹《あんたん》たる気持ちになった。

「結構上手いもんだろ」

ピエロが不安を吹き飛ばすような陽気な声を出す。彼は鷹揚《おうよう》で優しい人に見える。友人のために一矢報《むく》いたかったという気持ちもわからないことはない。

この人は、根っからの悪人ではないのかもしれない。

「それでも、見逃せないことがあります」

12

「お金を脅し取るっていうのは、感心できませんよ」

友達が被害者になり、仕返しがてら金儲けをするのは正しい道ではない。金儲けの口実が欲しかっただけではないか。

「やられたことをやり返してやりたかったんだよね。逆らえない相手に法外な値段を要求される気持ちを味わってもらいたかったんだ」

「で、あなたは百万円で何を買うんですか？　それとも貯金ですか？」

僕が軽蔑していることを察してか、ピエロが「あー」と納得するように漏らした。

「実はランドセルを買ってる」

「ランドセル？」と素っ頓狂な声をあげてしまう。

「もちろん、ぼくが使うんじゃないよ。最近『虎のマスク』って名乗ったんだけど、わかる？」

虎のマスク、と口にしてみて、思い出す。小此木さんが見つけた、良いニュースのほうだ。

「あの施設に送ってるっていう？」

「今日のためにちゃんとリハーサルもしたんだよ。さっきも言ったけど、払わなかったら通報して、払った奴は見逃した。その時のお金でランドセルを買ったんだ」

ピエロだったり、虎のマスクだったり、この人の本当の顔はなんなのだろうか。

「ぼくはお金のためにやってるんじゃない。さっきも言ったけど、これはぼくの憂《う》さ晴《ば》らしの自己満足なんだ。許したふりをして自分の感情をごまかして生きたら、ぼくの人生はぼくのものじゃなくなる。自分は何もしなかったんだ、そんな後悔をしながら生きるなんて、死んだのと同じだ。だから、ぼく自身が生きるためにやったんだ」

人から脅し取ったお金で買ったものを寄付されたくない、という他人の気持ちも彼は気に留めていないのだろう。自己満足だから、と。

「それで、もう満足しましたか？」

なかば呆れつつ質問をすると、ピエロは首を横に振ってポケットからスマートフォンを取り出した。

「まだ。これが最後のカードだ」

ピエロがそう言って、大袈裟に画面をタップした。

「今、ゾンビがしてきたことを告発する情報をネットに流した。言わない約束じゃないかって思われるだろうけど、こっちはもともと筋を通すつもりなんてないからね。ぼくは別に良い人じゃないし」

その行動に驚きはしたが、不思議と責める気にはならなかった。

最後まで悪びれない表情が、罪悪感を抱くなら最初からしないと語っている。

ゾンビは自分のしてきたことが晒された。調べられたら芋づる式に他の仲間も逮捕されるだろうし、他人の人格を踏みにじった下衆《げす》というレッテルを貼られて、生きていくことになる。

もし、自分がピエロの立場だったらどうするだろうか。妹の静海や小此木さんが同じ目に遭い、警察が何もしてくれなかったら？　そう考えると、胸の中に黒くてどろりとした感情が氾濫《はんらん》した。たっぷりと反省させ、そして終わりのない罰を与えたい。

……誰かの影響なのか、もともと僕もそういう気質があったのか、物騒な考えをするようになったものだ。

「君が弾き語りをしてくれて本当に助かったよ。もし君がいなかったら、計画が失敗するところだった。ありがとう」

「覚悟をして今日のために準備をしていたみたいですけど、遅れないようにもっと早くから来ていてもよかったんじゃないですか。それほど大事なことがあるとは思えませんよ」

そう訊ねた瞬間、ピエロの明るい調子が消えた。

「その友達が救急車で運ばれてね。病院に行っていたんだ」

弱々しい、掠れた声だった。

重い言葉が、僕の胸の中にも沈んでいく。大丈夫なんですか？　そう訊こうと思ったのに、僕の口から出てきたのは別のものだった。

「……その人のことが好きだったんですか？」

質問を受け、ピエロはしばし黙り込んだ。そして、彼の人生を反芻するように目を細め、「大切な友人だよ」とこぼした。

「誰よりも大切な友人なんだ」

嚙みしめるようにそう言って、君にはいないかい？　と目を向けられる。わかるかな、まだわからないかな、と表情が語っている。僕は、放っておけない友人のことを思いながら、小さくうなずいた。

ピエロが、真相を知ったけど、どうする？　と視線で訊ねてくる。

おそらく、僕が警察に行けと言えば素直に自首するだろう。

彼のような目を僕は知っている。

他人が決めた価値観に縛られないで、自分のルールで生きている人間の目だ。正しいのか間違っているのか、良い奴なのか、悪い奴なのかわからない。

「ところで、なんでゾンビ？」

「ああ、それはぼくのアイデアじゃないんだ。リハーサルをしたり、計画を考えたり証拠集めをしてくれたのは別の人がいてね」

このアイデアを思いついたのは、きっと彼だろう。

弱い者いじめを許さず、容赦がない、彼らしいやり口だと思った。

だけど、僕に説明がなかったことへの寂しさも覚えた。

わかっているが、質問をぶつける。

「森巣良ですね」

13

「どうしていいかわからない日が続いて、それでも生活をしないとって思った。それで、あの日もここに来たんだ。いつも通りに仕事をしようと思ってね。だけど、ダメだった。地面を見つめるだけで、全然思い通りに体が動かないんだよ。多分、君がやったほうがあの時のぼくよりも上手いよ」

話がどう転がるのか、と様子を窺いながら、相槌を打つ。

「集まってくれていた人は、当然みんな立ち去っていった。波が引くみたいにね。だけど、そんな中、一人だけずっとぼくのことを見続けてる高校生がいた。よく見物をしてくれるし、すごい二枚目だから、こっちも覚えてた」

誰かの見当がつき、「森巣ですか」と口にする。

「彼がどうして見続けてるのか気になって、パフォーマンスを止めて訊いたんだよ。どうして見てるんだ？って。そうしたら彼は、『ファンだからだ。でも、今日は切れがないじゃないか』って言った。優しく抱きしめられてから、背中をナイフで刺されたみたいだったね」

そう言って、ピエロが苦笑する。

「『どうしたんだ？　詳しく話を聞かせてくれよ』彼はそう言った。ただ、そう言っただけなんだ。今、思い出してもすごく不思議なんだけど、たったそれだけのことしか話してないのに、甘く響いてすごく安心したんだ。心の奥に入ってきて、恐怖心と迷いが追い払われた。囁くような、あの優しい声がぼくに勇気をくれた」

ピエロは、どこか恍惚とした様子で、天を仰ぐように口にする。

他人の心にすっと入り込む、森巣の恐ろしさを伴う魅力に、ぞくりとする。

「あいつがしたことを考えると、ただ楽になんてしたくない。自分のしたことを後悔させて、他人に人生の手綱を握られることの恐怖を味わわせたい。今後の人生で一秒も幸福な時間はない、惨《みじ》めに奥歯をガタガタ震わせながら生きていくんだ、って思い知らせてやりたい。そう彼に伝えたんだ」

知ってしまったからには放っておけない。敵がいるなら戦う、森巣はそう言うのではないか。「それで、森巣はなんて？」

「持っていた袋からパンをわけてくれたよ」

首を傾げる。「パンを？」

「悲しくても、まずは飯を食え。強くなれるぞってね」

その言葉に、胸を締め付けられた。森巣自身もきっと、悲しみに襲われながら、強く生きるために物を食べた日があったのだろう。

森巣は血も涙もない奴ではない、僕はそう信じたい。

14

駅前広場のベンチに戻り、ぼうっと人の往来を眺める。知らない人たちで溢れている。この町には、たくさんの人がいる。大人も子供も、良い奴も悪い奴もいる。ぶつかり合いも起こるけど、僕はできれば、誰も傷つかない町であってほしいと祈る。

「よお」と森巣が手をあげてやって来た。

「やあ」と僕は返事をする。

休日の森巣は白いシャツに細身の黒ジーンズというシンプルな格好だった。着飾っていないのに様になっている。僕が同じ格好をしても、きっと彼のように大人っぽい印象にはならないだろう。学校にいる時のような猫被《ねこかぶ》りをやめ、つんとすました顔をしていた。

「一人か」

小此木さんかピエロか、誰と一緒にいると思っていたのかわからないけど、「帰ったよ」と伝える。ピエロは大切な人がいる病院へ、小此木さんは予備校へ行った。森巣は、ふうんと周囲を見回し、「そうか」とだけ呟いた。

「色々聞きたいことがあるんだけど」

「ピエロと話さなかったのか？」

「概要は聞いたよ。でも、君にしかわからないこともあるだろ」

「何が知りたい？」

「いつからこの計画を？」

色々知りたいが、軽めの送球からキャッチボールを始めるように、疑問をぶつける。

「一ヵ月くらい前だな。俺はピエロから話を聞いて、大学生共がぼったくりに使ってるバーを調べ、そこから出て来た奴を尾行した。脅すのは簡単だったな。学校、親、恋人、就職先、どこにでも爆弾を落とせる。一人から、女を風俗に沈めるマニュアル、提携してる店、カモリスト、仲間たちのプロフィールと写真、SNSでのやり取りを提供させた。これで大体二週間くらいだ」

「学校に通いながらよくそこまでできたね」

「何日か休んだが、別に大したことはない。教科書は読めば理解はできるしな」

「私服の警察官はどうやって呼んだの？」

「あれは、振り込め詐欺の電話があったと予《あらかじ》め相談しておいて、張り込みをさせておいたんだ。カモリストの中にいた女の一人に協力を仰いだら、相談する役を快《こころよ》く引き受けてくれた。自分を騙そうとしたんだから地獄に落ちるしかない、とか息巻いていたな」

僕に話しかけてきた金髪女性のことか。彼女は「電話をかけた」と言っていたから、詐欺取引の中止を伝え、肩透かしを食らった私服の警察官たちが半裸で人を襲うゾンビを捕まえた、そういう流れだろう。

「ずいぶん根回しをしていたんだね」

「立案者の俺が、失敗させるわけにはいかないからな」

「でも、もし僕がいなかったら失敗してたじゃないか」

「いいや、失敗はしない。そのために平に弾き語りを頼んだからな」

どういうことか？　と眉間に力がこもる。

「もしかして、僕に弾き語りをしないか言ってきたのって」

「ああ、万が一ピエロが来れなくなったら金を受け取る相手がいなくなるだろ。それに、平は目が良い。もし大学生が来て払ったふりをしたり、来たけど払わなかった場合、平から証言が取れる。お前が言うなら、間違いないだろ」

「僕だけ、全然話を教えてもらっていなかったけど」

「平は、顔に出るタイプだろ。百万を受け取る前から挙動不審だと、周りから怪しまれるかもしれないから黙ってたんだ」

「それは」と口ごもる。確かに、緊張して弾き語りどころではなかったかもしれない。

「な？　だから言わなかったんだ。我ながら、正しい判断だったな」

森巣が八重歯を見せ、得意そうに笑っている。全て彼の計画通りで、トラブルはあったものの、成功したわけだ。

が、彼はすぐに険しい顔つきになり、口を開いた。

「実は金の流れを調べていてわかったんだが、奴らが使っているぼったくりバー、風俗店、そこからの金がある男の元に流れていた。誰だと思う？」

「さあ」

「滑川だ。クビキリと強盗ヤギの裏にいた、あの滑川だ。更に調べたら、どうやら詐欺や危険ドラッグの売買もしている、この数年で台頭してきた犯罪集団のボスらしい。今回の事件でまた一つビジネスを潰せたが、トカゲの尻尾切りで奴は生き延びるだろう。さっさと頭を踏み潰すしかない」

森巣が忌々《いまいま》しそうに淀みなく話しているが、内容は聞き流していた。

滑川が何をしていようが、そんなことは今、重要なことではない。

僕にとって重要なのは、これからする質問の答えだ。

「どうして弾き語りを聴きに来なかったんだい？」

質問をぶつけると、森巣はきょとんとしていた。何故そんなことを訊かれるのか、と不思議でたまらない様子だ。

言葉の裏、弾き語りに来なかったことについて言及しているわけではない、とわかっていないようだった。

僕との関係をなんだと思っているんだ？

「悪徳大学生共の悪行をタイミングよく流さないといけなかったからな、手が離せなかったんだ。それに、滑川の居場所や反応も探っていた。用心深い奴で写真も出てこないし、それに――」

ボディバッグから百万円の入った封筒を取り出して、思いっきり森巣に投げつける。

軽々と封筒がキャッチされ、余計に腹が立った。

「この金は協力してくれたお前にと思ったんだ。返さなくていいぞ」

「……百万円を、僕に？」

「ああ、それに見合った働きをしてくれたと思うしな」

瞬間、冷静になろうと努《つと》めていた頭に火が着いた。

僕のことを、目的のための道具の一つだとしか考えていないのか？

詰め寄り、胸倉をつかむ。堪《こら》えていたことが、喉から溢れ出す。

「君が僕を友達だと思っていないなら、僕も君のことを友達だとは思わないぞ」

「急に、どうした？」

この期に及んでも怪訝な顔をしているのを見て、頭の血管が切れそうになる。

「友情を金で買えると思うな！」

そう言って、彼を突き放す。

こんなに大きな声を出したのは初めてだし、怒鳴ったのも初めてだ。僕の声に驚いたのか、僕を怒らせたことに驚いたのか、森巣の瞳がゆらりと揺れた、ように見えた。

すぐに僕は睨みつける視線を外し、ギターケースを手に持った。森巣に背を向け、駅に向かって足早に歩き始めた。

森巣がいなくても、弾き語りくらいできる。

でも、僕は僕の演奏を森巣に聴いてもらいたかった。

目が良いだなんだと利用されるのではなく、認めてもらいたかった。

それに、頼み事があるなら、普通に言ってくれればいいじゃないか。僕を金で買えると思ったのか？　速い鼓動が耳障《みみざわ》りだし、頭の中では思考がぐちゃぐちゃになっていた。あいつは一体なんなんだ。不協和音が響いているようだった。

迷いを振り払うようにずんずんと進み、気がつくと駅のホームに立っていた。

音楽プレイヤーを取り出し、イヤフォンを耳に嵌める。この気持ちを吹き飛ばしてくれる曲を探した。慰めてくれる曲を探した。励ましてくれる曲を探した。

だけど、ふさわしい曲がどれか思い浮かばない。

顔を上げると、いつの間にか到着していた電車は僕を置き去りにして走り出していた。

天国エレベーター

1

森巣良とは何者なのか？

良い奴なのか、悪い奴なのか、頼りになるのか信じてはいけないのか、友達なのかただの同級生なのか、白なのか黒なのか。魅力的だけどジャンルが不明の音楽に出会ったようで、考えてもわからずに困惑する。

「良ちゃん学校に一週間来てないみたいなんだけど、何か知らない？」

小此木さんから訊ねられた。

森巣はもともと秘密の多い奴だし、彼とは喧嘩《けんか》中だったので「知りませんよ」とそっけなく返してしまった。

「危ない橋を渡ってるかもよ」

「危ない橋を涼しい顔で渡る奴じゃないですか」

何があっても動じず、余裕を失わない、そんな姿しか想像できない。

そんなやり取りを昼にし、一人で放課後に地元の図書館でのんびり勉強をしてから帰路に着いている。森巣と交流が途絶え、平穏な生活に戻った。最近危険な目に遭ってばかりいたのは彼の所為だったのだなと感じていたのだが、その考えは間違いだった。

まさか、これから自分が命の危機に瀕するなんて思ってもみなかった。

図書館を離れて住宅地を家に向かって歩いていたら、向こう側《がわ》から男の人がやって来た。リュックサックを前に回し、中をごそごそやりながら歩く彼は大学生が教科書を入れ忘れてないか確認しているようにも見える。

履いているブーツからジャンパーまで真っ黒でサングラスまでかけているのに、マッシュルームカットの髪だけ鮮やかな金色なのが、なんだか毒々しくて目を引いた。

「あ」と思わず僕の口からこぼれる。

キノコ男がつんのめるように姿勢を崩すと、リュックサックから何かが転がり落ち、それを彼は蹴ってしまった。目の前に滑ってきたそれを、屈んで拾ってあげようかと思ったのだが、ぎょっとして固まった。

アスファルトの上に、黒いリボルバー式の拳銃が落ちている。

「やば」と今度はキノコ男が声をあげ、拳銃を拾ってすぐにジャンパーのポケットにしまった。それは一体？　と窺うように視線を上げると、彼は渋い顔をしていた。

「見た？」

「見てません」反射的にそう答えたけど、それは見た、と同じ意味だった。

「まじーな。また怒られるんじゃんか」

蛾《が》が羽ばたいて鱗粉《りんぷん》を撒き散らすように、彼が面倒臭そうに頭を掻くと、物騒な気配が一気にこの場に漂った。

「ミーティングしよう、緊急ミーティング」

キノコ男は部活の後輩を呼ぶように宣言し、曲がり角に立って僕に手招きをしてくる。

集合命令を無視して全力で走り抜け、車がよく通る広い道まで行けば逃げ切れるのではないか？　なんてことを考える余裕もなく、呆然と立ちすくんでしまう。

「逃げたり騒いだりするなよ？　制服と顔も覚えたからさ。見つけるのは正直余裕だよ。穏便に済ませようぜ、穏便に。そっちのほうが少年も助かるだろ？」

助かります！　と同意したわけではない。ついていっていいわけがないと頭ではわかっているのに、僕は命令に逆らえずキノコ男に続いて路地を曲がってしまう。

細い路地の先で、彼は左手に持ったスマートフォンを操作しながら、連続的に舌を鳴らしていた。

すぐに何かをされるわけではなさそうだ。少し緊張感が緩み、ふと疑問が浮かんだ。

キノコ男の持っている拳銃は本物だろうか？

偽物であれば逃げて交番に駆け込める。男が指名手配されれば、目撃者である僕を狙う意味も暇もないだろう。

森巣とつるんでいたから度胸がついたぞ、森巣ありがとう！　なんてことは思ってないけど、試しに、そっと後ずさりをしてみる。

「おいおい、何帰ってるんだよ」

キノコ男がポケットから拳銃を取り出し、こちらに向けてきた。

「コンビニのコピー機に教科書を忘れてるの思い出しちゃって」

「店員が気づくだろ」

「中、読まれたくないんですよ。詩を書いてたんで」

「高校生のポエムなんて珍しくねえよ。店員も読み慣れてるって」

「読み慣れてはないと思いますけど」

「お前、いい加減動くんじゃねえよ」

キノコ男が苛立った様子でどかどか歩いて来て、僕の眼前に銃を向けた。わかっていてもぶわっと冷や汗が浮かび、お腹に力が入る。

意識を前の拳銃に集中して、目を凝らす。

もしかして、と思ったけど、もしかしてだった。

「実は、五月にも拳銃を向けられたことがあるんですよ」

「あ？」

「正確にはモデルガンだったんですけど、その時に見分け方を教わったんです。モデルガンには銃口に板が入ってるとか、本物には螺旋状の溝があるとか」

「あー」と溜め息混じりに唸りながら、拳銃が下ろされる。「コンビニの話は嘘だったのかよ」

「すいません」

「でも、銃だけだと思ったのは」

そう言って、モデルガンをリュックにしまうと、代わりに中から黒い筒を取り出した。

「間違いだったな」

冷たく暴力的な鉄の音を立てながら、筒が二段階伸びた。

「これは本物の警棒だ。殴られると、痛い」

昔の僕なら、殴られることのイメージができなかったかもしれないが、森巣と出会ったので、わかる。生々しく痛みを想像できて、悪寒に襲われる。痛いだけでは済まないだろうし、もし頭を殴られたら——

最初から大人しくしておけばよかった、と焦りやら後悔やらが胸の中で動き回る。どうやって逃げるか考えを巡らせ、何かないかと視線を彷徨わせる。

その時、この場にそぐわない陽気な音が鳴った。

キノコ男がスマートフォンを確認し、ポケットにしまう。

「死体は回収するから、お前は殺してくれってさ」

警棒が高く掲げられ、僕に向かって振り下ろされた。

2

「私たちもう帰るけどさ、優介、何か困ってることない？」

「実は腕の骨が折れちゃって」

「あら、そうだったの？」

母親がギプスで固定された僕の左腕を見ると、わざとらしく目を見開いた。

「ホントだ、折れてる。静海、知ってた？」

「二人とも、そういうのいいから。兄、持ってきてほしいものある？」

持ってきてほしいもの、と唱えながら考える。複雑に折れていたので腕の手術をし、入院してもう四日になり、退屈していないと言えば嘘になる。救急の病室から一般病室に移ったし、殴られた頭や腕の痛みに悶絶《もんぜつ》することもあるけど朝夕に痛み止めの点滴もしてもらっているおかげで少しましにはなっていた。ので、娯楽が欲しくないわけではない。

が、二十四個入りの地元銘菓と四十冊の少女漫画を持って来てくれたのだから、これ以上の贅沢《ぜいたく》はないだろう。

「いや、特にないかなあ」

「えー、兄は無欲だなあ」

「私似で無欲なのよねえ」

どの口が、と思いながら妹と共に母親を見つめると、バッグから財布を取り出していた。

「優介、これであの綺麗な子と食堂で何か食べてきなよ。この病院、ケーキとかパフェがあるらしいよ」

「え？　いいよ、別に」

「心配して電話くれて、お見舞いにも来てくれたんだから、大切にしなさいよ。礼儀正しくて、私はあの子好きよ」

「わたしも。兄が退院したら三人で遊びに行ったり、わたしの誕生日パーティにも来てもらうお願いをしたから」

「どんだけお願いしたんだよ。余計なことを話してないだろうな」

「わたしの漫画読んで泣いてた話しかしてないよ」

余計なことを話してないだろうな、とは妹に対して言ったつもりじゃなかったのだが、身内にも敵がいたようだ。入院生活中くらい、心穏やかに過ごしたい。

その時、カーテンが開く軽快な音がした。

視線がぶつかる。黒い瞳がじっと僕を捉えている。芯の強そうな迷いを感じさせない目だ。が、すぐに細められ、人当たりの良い笑顔に変わった。

森巣良、見舞いに来てくれた僕の友達……でいいのだろうか。

「平、どうしたの？」

「聞いてくださいよ、実は兄が入院しちゃって」

「森巣は静海に言ったんじゃないよ」

「だってわたしも平だし」と静海が口を尖らせ、森巣がおかしそうにくすくすと笑う。母親が「私も平だけど」と言い出す予感がして、「二人はもう帰るってさ」と森巣に伝える。なかば追い出すように促すと、「またねー」と母が妹の車椅子を押して病室を後にした。森巣と家族がいると、なんだか心がざわついてしまうので、胸を撫で下ろす。

「あんまり僕の妹と仲良くするなよな」

「嫉妬か？」

呆れて言葉を返せず、溜め息を吐き出す。

「平が底抜けにお人好《ひとよ》しなのは、ああいう家族がいるからなんだな。誕生日パーティなんて本当にやってるのか？」

「パーティって言っても、妹の友達が何人か集まって、ケーキを食べてプレゼントを贈るだけだよ」

「信じられない風習だな」と森巣が頬を引きつらせる。大袈裟な反応だなと思いつつ、

「のんきそうだけど僕が運ばれてすぐは、さすがにすごく取り乱していたよ」と弁解した。

家族が帰宅途中に襲われて入院したのだから当然だろう。警察に被害を伝え、捜査してもらっているが、犯人はまだ捕まっていないので安心もできない。さっきは冗談を言っていたけど、病院で妹に会った時、目を真っ赤にして大泣きしていたので、思わず僕のほうが大丈夫かと訊ねてしまった。

「具合はどうだ？　骨は、その、音楽はまたできそうなのか？」

「心配ありがとう。治ったらギターもまた弾けるらしいよ」

そうか、と森巣がほっとしたように、一息《ひといき》吐《つ》いた。

森巣とは喧嘩をし、仲直りをしていない。原因は百パーセント彼にあり、まだ許し切ったわけではない。だけど、学校には僕の身に起こったことを秘密にしてもらっているのに、どうやってか調べ、気まずそうに見舞いに来てくれたので、すげなく追い返す気にはなれなかった。

「それにしても、久し振りじゃないか。元気だったのかい？」

「まあ、俺は骨を折られてないからな。色々調べることが多かったんだ。それよりも、

だ。話がある」

神妙な顔つきをしているし、森巣のことだからきっと穏やかな内容ではないはずだ。何か新しい事件でも起きていて、その調査をまたやろうと言い出すのかもしれない。彼が口を開くのを、右手を向けて制する。この部屋はカーテンで仕切られているけど、四人部屋のベッド三つが埋まっている。他の入院患者に聞かれたくはなかった。

「場所を変えよう」

3

頑張ることを「骨を折る」とは言うけど、実際頑張るのは骨を折った後だな、と思う。食堂に移動し、空いている席を見つけて座る。痛む左腕を庇いながら移動するのは苦労した。迂闊に接触しようものなら、その場でもんどり打つほど痛んでしまう。

そういえばここに来るのは初めてだな、とぐるりと視線を巡らせる。

教室二つ分ほどの食堂はお洒落とは言い難《がた》いけど、ずっと病院を支えてきているのだろうなという趣があり、元の生活に少し戻れたような気持ちになれた。食事をしている人や、僕のように見舞いに来てくれた人と談笑する人で半分ほど埋まっている。

「なんだこれは?」

しばらくして注文してきたものが運ばれてくると、森巣は眉をひそめた。

「何って、パフェだよ。チョコパフェ」

テーブルの上には、花弁を想起させる器に入った、アイスクリームと生クリームにチョコレートソースがかかったパフェがある。ファミリーレストランや専門店のような大仰さはない、ささやかなものだけどそれでも迫力がある。

「入院食以外を食べていいのか?」

「森巣のだよ。見舞いに来てくれたお礼」

「パフェを食うって気分じゃないぞ」

そりゃそうだ。新しい事件の話をいきなり聞かされるのが嫌だったので、注文したのだ。森巣は僕の前にあるチーズケーキを見て、顔をしかめていた。

「チーズケーキ嫌いなんだっけ?」

「いや、別に」

「交換しろって言うのかと思った」

「まさか。毎年七月は絶対にケーキを食べないことにしてるからな」

「はあ」相変わらずよくわからないルールを持ってる奴だな、と曖昧に相槌を打つ。

森巣は勢い良く甘味の山にスプーンを突っ込んだ。

「期待してなかったが、なかなか悪くないぞ」

生クリームがたっぷり乗ったアイスを口に運び、うなずきながら食べる森巣を見て、そう言えば、一緒にカフェに行ったなあと思い出す。あの時も感心した様子で青リンゴのアップルパイを食べていた。甘いものを美味そうに食べる奴、ということは僕が森巣について知っている数少ないことの一つだ。

「一口くれない？」「絶対にダメだ」「ケチ」

自分はそう言ったくせに、僕が「いただきます」と言ってケーキを食べようとしたら、先にスプーンでケーキをえぐり、自分の口に放り込んだ。

「ケーキは食べないって言ってたじゃないか！」

「一口だけだ。少し待て」

毒味じゃあるまいし、がめついなあと呆れる。しかし、よく見れば森巣の頬が以前よりこけて見える。最近ちゃんと食べていたのか？　と心配になった。

先週の金曜に襲われたので、あれから四日経った。以来僕は学校に行ってはいないが、その一週間前から森巣は学校に来ていなかった。

その間に何をしていたのか、気になっていなかったと言えば、嘘になる。

「それで、森巣は学校に来ないで何をしてたわけ。小此木さんも心配してたぞ」

「調査をしていたんだ。平は滑川を覚えているか？」

滑川、その名前が出た瞬間に、肌にぴりりと緊張が走った。

森巣と関わるきっかけとなった事件、巻き込まれた事件、その全ての裏に滑川という男がいた。不穏な影にずっと付き纏われているような、気味の悪さがある。悪事の黒幕なのに手口が巧妙で、証拠をつかんでいないのか滑川逮捕のニュースはない。

「頭を殴られたけど、記憶喪失にはなっちゃいないよ。君がご執心だった悪党だろ」

「滑川は犯罪起業家みたいな奴だ。どうやら、会員制の違法な裏カジノに出入りしている連中を客にしてるらしい。そういう奴らだから、倫理観も狂っているし金も持っている。滑川の商売相手としては打ってつけだったんだろうな。俺は調査のために、その裏カジノに潜り込んでいたんだ」

「学校に来ないでカジノに通ってたわけ？」

「どっちが大事かなんて、比べるまでもないだろ。滑川は病気の子供がいたら親を騙し、疲れた母がいれば金品を奪い取り、死にそうな奴を利用する。つまり弱い人間を食い物にして私腹を肥やす汚いゴミだ。目に入ったゴミは捨てないといけない、だろ？」

それを君がやらなくても、と思わなくもないけど、警察が逮捕できずに野放しになっており、今も誰かが被害に遭っているのではないかと思うと許せない気持ちもあった。

「で、その調査は終わったわけ？」

「ああ、まあ、一応な」

歯切れの悪い返事をして、森巣はかちゃかちゃとパフェをかき混ぜた。「一応？」やるなら徹底的に、というタイプだと思っていたので気になる。

「先を越された。滑川は居場所がばれて襲撃されたらしい。拉致されたって話だ。汚いやり方で儲けた分、恨みも買ってたんだろう。楽な死に方はさせてもらえないだろうな」

「楽な死に方、ねえ」

「時間をかけてやってくれる専門業者がいるっていうのも調べていたんだが」

「キーワード、『怪しい業者』とかで検索してるわけ？」

「検索して出てきたら、そりゃ怪しい業者だな」

振り上げた拳の行き場がなくなり、困惑しているのだろうか。冗談を口にしているけど、いつもの威勢の良さがない。

「結果として悪党がいなくなったんなら、それでよかったじゃない」

「まあな、俺はそんなわけで、一区切りついたところだ。話がある、というのはお前のことだ」

「僕のこと？」

「襲われたらしいじゃないか。どんな奴に何をされたのか、詳しく教えてくれないか？」

「君が犯人を捕まえてくれるのか？」

森巣が紙ナプキンを手に取り、険しい顔をして口を拭い、それを、小さくなるまで握《にぎ》り潰《つぶ》した。骨ばった手に力がこもり、血管を浮かび上がらせながら指が蠢くのを見て、思わず息を呑む。

「捕まえても一発殴るくらいでいいからね」

「任せろ」

低く、鋭い声で返事をされ、冗談だと伝わったのか不安になる。

「それで何があった？」

「いや、大した話じゃないよ、通り魔にあっただけで、運が悪かったんだ」

あっさり伝えてお終い、とごまかしてみたものの、森巣の表情は変わらなかった。

じっと尋問するような視線を向けられ続け、だんだん息が苦しくなってくる。結局、堪えきれずに、一通り何があったのかを話してしまった。それってモデルガンですよね、と指摘したことについては、なんとか伏せておく。

「偶然モデルガンを見たせいで襲われたところに、タクシーが通りかかってキノコ男は逃げた。運転手は警察に電話をしつつ、お前をこの病院に運んだ、と」

「淡々と言わないでほしいな。実際にはもっと劇的だったんだ。死ぬかと思った」

「死ぬかと思った、か。お前はそんな目にばっかり遭っているな」

「君と知り合うまではそんなことはなかったんだけどね」

「図書館の帰りって話してたが……それって野毛山の図書館か？」

「そうだよ」返事をし、「ああ、森巣の言いたいことはわかるよ」と続ける。

通っている図書館の駐輪場で、僕は残酷な殺され方をした猫の亡骸《なきがら》を見た。前を通る度、心に大きく空いた穴に冷たい風が吹き抜けるのを感じる。死とそれにまつわることの記憶が蘇る。行かなければいいのに、そう思われているのだろう。

「自分の気持ちはまだわからないんだけど、なかったことにして生きるのは良くないことだって思うんだよ。残酷なこととか、抵抗できない弱い存在がいるってこととか、何もできなかった自分自身のこととか、忘れちゃいけないって」

自分の内にある、不思議な形をした造形物の感想を述べるようだ。色々な解釈が生まれると思うけど僕にはこう見える、という直感的とも無責任とも取れる曖昧な言い方になってしまった。

森巣を見ると、酷く沈痛な面持ちをしている。青褪め、僕より具合が悪そうなくらいだ。

「森巣？」

「ん？　ああ、だな」

世の中には理不尽なことがある。僕が襲われたのもそうだ。でも、あの通り魔もそのうちに警察がきっと逮捕してくれるだろう。滑川もいなくなったのなら、僕らは学校に通う高校生に戻ろう。そう提案しようとした時に、コーヒーカップを持ってうろうろしている中年男性が目に入った。

ふっくらとした体型で、困ったような顔をしていて、どことなくパグを彷彿とさせる。

パグに似たおじさんを見て気になる理由は、どこかで会ったような気がしたからだ。

「あ」と思わず声がこぼれる。

彼は滑川に偽装強盗の協力をさせられていた店のオーナーだった。

「あ」とおじさんの口が動く。

僕の声に気づいてしまったようだった。どうも、と頭を下げる。思いがけぬところで偶然知り合いと会っただけで、すぐに彼はどこかに行くと思った。が、彼はどうするか迷うようにうろうろしてから、おそるおそるといった様子でこちらにやって来た。

瞬間、何故か目の前にいる森巣から得体の知れないプレッシャーを感じ、肌が粟立つ。

僕はなんだか、嫌な予感がした。

4

パグに似たおじさんは、「私、元町にある店のオーナーの八木橋《やぎはし》です。覚えてますか?」と言いながら、僕らのいるテーブルの脇に立った。パグではなくヤギ、と頭の中で修正しながら、ヤギのマスクを被った偽装強盗事件が紐《ひも》づけられる。

「ああ、覚えてるぞ。店はあれからどうなんだ」

「事件の後、お客さんが増えましたね。言う機会がなかったんですけど、私のことを黙っていてくれてありがとうございました」

「もう悪事はしてないだろうな」

森巣が猫を被っていないので、おや、と感じたが、八木橋さん相手に推理を披露したことがあり、あの時もこのモードだったなと思い出す。

「実は」と言いかけて、「いや、やっぱりなんでもないです」と八木橋さんが口ごもり、立ち去ろうとする。

「座るか？」

座らせるの？ と森巣の顔を見てから、椅子を引く八木橋さんに座るんですか？ と驚く。森巣が少しずれ、隣の席に八木橋さんが腰掛けた。

座った八木橋さんは俯いたまま、持ってきたコーヒーを飲もうとせず、黙り込み、大きな溜め息を吐き出した。

沈んだ空気がこの場に生まれ、広がっていくようだった。

が、弱っているのが放っておけず、思わず「それで、どうしたんですか？」と声をかけてしまう。

「悪いことをするもんじゃないですね」

健康診断の結果でも出たのだろうかと思ったのだが、違った。

「滑川って覚えてますか？」

また滑川の名前が出てきたことに、動揺する。

「ちょうど平と、今頃殺されてるんじゃないかって話をしてたところだ」

「もう殺されてるでしょうね。でも、滑川じゃない」

「どういうことだ？」

「三人組が野毛山のそばにある滑川の隠れ家を見つけて、侵入したらしいんですよ。でも、ちょうど仕入れた器具の手入れをしていたとかで、滑川が撃退して、襲撃犯のうち二人は殺されたそうです」

語られる物騒な話に、言葉を失った。

殺された？　二名だけ？　滑川はどうなったのか？　と次々に疑問が生まれ、頭の中を駆け巡る。

「それで、滑川は？」と森巣が詰問する。

「滑川は今頃——」

八木橋さんが、ゆっくりと天を見上げる。釣られて目をやると、蛍光灯が眩しかった。

「いるんですよ、この病院に」

「いるって誰がですか？」

「滑川ですよ。あばらと足を折られて入院してるんです。ギプスで体中《からだじゅう》を固められてるのに、ベッドで王様みたいに寝っ転がってますよ」

いる？　この病院に？　思わず、周囲に視線を向けてしまう。が、僕は滑川の顔も姿も知らないし、病室にいるんだったな、と落ち着いて考え直す。

「実は僕も襲われて、骨を折られて入院してるんですよ。整形外科の病床だったら同じ階なんですけど」

「滑川は別の階にいますよ。あいつは特別な個室にいますからね。ＶＩＰ専用、私の住むマンションよりも広くて綺麗な部屋ですよ。でっかいテレビでサブスクも見放題の」

そう口にしてから、八木橋さんが僕らの顔を交互に見て、テーブルにつくんじゃないかというくらい深々と頭を下げた。突然のことに、面食らってしまう。

「力を貸してもらえませんか？」

八木橋さんが、切迫した様子で悲痛な声をあげた。森巣を確認すると、彼はうっすらと笑みを浮かべていた。その笑顔の意味がわからないけど、「とにかく頭を上げてください」と八木橋さんに声をかける。「どうして僕らなんかに」

「強盗ヤギの件も丸く収めてくれましたし、どうにかするアイデアを考えてくれるんじゃないかと思いまして」

藁《わら》にも縋る様子で、八木橋さんが顔をくちゃくちゃにする。高校生に頼み込むくらい、他に頼れる人がいないのだろうか。

「具体的に、どうしたいんだ。あんたはこの病院で何をしてたんだ？」

「私、まだ滑川に脅されてるんですよ。強盗事件でグルだったことをばらされたくなかったら言うことを聞けって。一生このままなんじゃないかと怖くなりまして、それでこの機になんとかしたいんです」

悪事に手を染めるということは、そういうことなのだろう。償わなければ一生付きまとうし、背負い込んで引きずって、それでも生きることになる。

が、出ようと思っていた泥沼の中から手が伸びてきて、邪魔をされ続けるのは不憫《ふびん》だし、困り、助けを乞《こ》うてきているのを放っておくのも、気が引けてしまう。

「滑川は八階か」

「ええ、そうです。よく知ってますね」

「八階？」

「七階が個室病室の階だが、八階はＶＩＰ専用なんだよ」

「どうして入院患者の僕より詳しいんだ」と訊ねたが無視された。

「その、特別個室にいます。けど、病室に乗りこめませんよ。どんな人脈があるのか、病院のスタッフも一部の人間しか近付けないようになってますし、部屋の前には護衛が二人も付いてるんで」

話がよからぬ方向に転がっていくのを感じて、胸がざわついた。

「まさか、滑川を襲撃するつもりじゃないよね？」

「居場所が割れていなかった男が、動けずにじっとしている、これはチャンスだ」

「聞いてただろ、セキュリティが厳重なんだ。行って、捕まったらただじゃ済まないぞ」

なんとか落ち着かせなければと思ったのだが、代わりに八木橋さんが口を開いた。

「だったら、二日後、二日後はどうでしょう？」

「二日後？　七月七日か？　よりによって？」森巣が、露骨に顔をしかめた。

「七夕に何かあるの？」

「いや、断じて何もない。続けてくれ」

八木橋さんが困惑しつつも「あ、はい」とうなずき、話を続けた。

「あいつ、女を病室に呼んでるんですよ。借金があったり弱みを握られている女を、何人も言いなりにさせてるんです。信じられますか？」

「骨が折れてるのに、タフな奴だな」

「そういう話じゃないだろ」と指摘しつつ、高校生相手にする話題じゃない、と八木橋さんを睨む。が、彼は夢中になっていてどこか興奮した様子だった。

「八木橋さん、お気の毒だとは思いますけど、襲撃なんてできないですよ。僕らはただの高校生です」

滑川の病室に行って何かをするなんて、暴力にまつわる不穏なことが待ち受けているのが目に見えている。反対だ。

が、森巣は乗り気のようだった。こつこつ、こつこつ、と規則的にテーブルを指で叩く音が聞こえる。

「いいや、俺はやる」

「森巣、冷静になれよ。無茶だ。それに女の人を呼んでいるとしても君は男だ。近づけやしない」

「それは俺ならなんとかできるな」

「なんとかって?」

「俺が女装をして、八木橋に案内してもらう。俺なら護衛を騙せるだろうからな」

確かに、森巣の顔には女性的な美しさがある。それは騙せるかも、と一瞬思ってしまったが、「危険だ」と声をあげる。「滑川の個室に潜り込めても、話をしたら騒がれるぞ。そうしたら護衛をどうするつもりなんだよ」と異議を重ねた。

「それは、私がなんとかします。テーザー銃を滑川が持っていたんで、それを奪っておいて護衛に撃ちますよ」

テーザー銃とは、相手の体に高圧電流を流す道具だ。そう言えば、クビキリ事件を起こした柳井も持っていたな、と思い出す。あれも、滑川から購入したものだと言っていた。

が、だとしても、だ。

「まさか、本当にやる気じゃないだろうね？」

「馬鹿が仕留め損ねた馬鹿をやらない手はないな」

「やらない選択肢はある。今、ここ《そこ》で警察に通報すればいいだけじゃないか」

そう言うと、八木橋さんが「無駄ですよ」と苦々しそうに言った。

「滑川は犯罪のアイデアを売ってましたけど、彼が直接何かをしたわけじゃないですし、証拠がないんですよ。名前だって本名かどうか」

「でも、滑川の病室に乗り込んで、どうするつもりなんですか」

「一人、滑川を襲った男が逃げたんですよ。ドラッグを捌くルートで揉めていて、それで襲撃されたらしいです。私がどうにか、逃げた一人を見つけ出します。彼に滑川を引き渡せば、解決すると思いませんか？」

その計画は当てにしていいのか、他力本願じゃないかという気もして納得できない。

「あと、病院から逃走するための車を用意しておけよ」

「おい！」

珍しく大声をあげたが、森巣は動じた様子がなく、ちらりと僕を一瞥しただけだった。

「滑川のことをどうでもいいとは思わないよ。僕だって、困っている人を放っておきたくはない。でも、君がすべきことなのか？」

いくつかの事件に、一緒に立ち向かった。

僕は嫌なことや悪意に立ち向かえる勇気が欲しいと思っていた。でも、挑めば骨を折られ、下手したら殺されるかもしれないと身を以って思い知った。森巣に何かあったら、ということが心配だった。

「俺がするべきことだ。滑川は町を汚すゴミだ。ゴミは拾って捨てる、それだけだ。誰かがなんとかするだろうなんて期待はしちゃいない」

「君は周りと足並みを揃えようとは思わないのか？」

森巣は僕を見て喋ってはいるが、僕に向かって語ってはいない。自分自身に言い聞かせているようだった。

「さっき、僕を襲った奴を殴るって約束したじゃないか。後回しにするのか？」

少なくとも、滑川を襲撃することよりは安全なのではないか、という苦肉の策だった。

森巣が顔をしかめ、「それは、まあ、そうだが」と言葉を詰まらせる。

その時、スマートフォンが振動する音がして八木橋さんが眉をひそめた。

「呼び出されちゃったんで、私は行きますね。これ、後で電話ください」

そう言ってテーブルの上に名刺を一枚置くと、いそいそと立ち上がった。テーブルの上には、一口も飲まれなかったコーヒーのカップが置かれたままで、すっかり湯気もなくなっている。

「なあ、一つ質問をいいか？　滑川が襲われたのはいつのことだ？」

「先週の金曜日、夜の六時頃だったと思います」

「平、そういうことだ」

「どういうこと？」

「平と滑川を襲ったのは、同一グループだ。滑川の隠れ家も野毛山のそばらしいじゃないか。図書館とも近いから場所も一致する」

　頭の中で、時系列を組み立てる。僕が襲われたのは、五時過ぎだった。キノコ男は僕に暴行を働いてから、滑川のいる隠れ家を襲撃したということか。筋は通るが、そのことについてどう反応していいかわからない。

「滑川を引き渡す相手、そいつはお前の腕を折ったグループの一人だ。逃げたのは例のキノコ男かもな。滑川を追うことでそいつにも辿《たど》り着《つ》ける、だろ？　まずはこれから、その襲撃グループについて調べてみる」

　別の車線を用意したのにあっさりと合流されてしまい、唇を噛む。滑川にキノコ男、二日後の計画、巨大な暗雲が、ゆっくりと近づいて来るようだった。嵐の気配だ。

　それでもなんとか森巣を止めたい、と食い下がろうとしたのだが、先に森巣が声を発した。

「あと、さっきの質問への答えは、思わない、だ」

5

僕に向けられている二枚のカードを見つめる。人生は選択の連続だ。軽はずみに引いたらババ、ということもあり得る。相手にするべきなのは滑川かキノコ男か。だけど、どっちもババじゃないか。

どうにかして森巣を止めるべきか、それとも協力して成功する確率を上げるべきか。他に手はあるのか。

「ちょっと、悩みすぎじゃない？　早く決めてよ」

向かいの席に座る少年が、そう言いながら持っているカードを振る。はっとして、僕は左を抜き取り、目を細める。ババだった。

「ほら、博士、引いて」

少年に急かされ、彼の隣に座る男性の腕が伸びた。色白で線が細く、整えられた真面目そうな七三分けの髪と大きな黒縁眼鏡は、確かに学者然としている。大学で心理学を教えていると自己紹介をしてくれたので、ぽいなと思った。

博士さんが左のカードを引いた。

「あがり、です」

ストールを巻いた喉に押し当てている小さな装置から、ビブラートがかかった音声が流れた。少年は足にギプスをし、車椅子に乗っているからわかるけど、博士さんの病気はなんなのだろうか。

「平、顔に出すぎだよ」

「ババ、バレバレ、でしたね」

トランプのことかとほっとしつつ、カードをしっかり混ぜればよかったなと省みる。

九階建ての総合病院の三階の隅に、教室の半分ほどのサイズの図書室がある。中には入院患者向けの暇つぶしになる本がある、というわけではなく、気軽に読むには難解すぎてわからない医学書が並んでいる。院長が自宅に収まらないものを入れる倉庫にしている、という噂が流れているくらいで、利用者はほぼいない。

僕がここにいる理由も、同じ階のエレベーター前で会った少年から「新入り？　遊びに行こうよ」と誘われたからだ。「展望室？」と訊ねると、「あんなところ何もないよ。通《つう》は図書室だよ」と大人びた口調で案内された。確かにそこは、前を通っても図書室だとわからないような場所だった。

「あがりです。では、もらいますね」

テーブルの中央に置かれた三つのお菓子のうち一つを、博士さんが手元に移動させる。家族から見舞いでもらった地元銘菓で、二人におすそわけのつもりで持って来たら、それを景品にババ抜きをすることになった。

悪党滑川が入院していて、明日森巣が八木橋さんと物騒なことをしでかすかもしれない病院で、自分は患者同士でトランプをしている場合なのか！ という声が頭の中でするのだが、他にするべきことが何も思い浮かばず、情けない気持ちになる。

「平、悩み事？ 好きな子がお見舞いに来てくれないとか？」「違うよ」

「来てくれたんだ？」「そういう意味ではなく」

「そのブレスレット、その子からもらったの？」

「これは違うよ」左の手首に、五円玉を結んだブレスレットをしている。弾き語りで初めてもらった投げ銭で、大事なものなのだからお守りにしている。

「じゃあ、磯貝《いそがい》さんのことでしょ」

「どなたですか？」博士さんが僕らを窺う。

「ああ、僕の病室にいる迷惑な患者さんです。お年寄りなんですけど分別がないというか、ナースコールを押しまくってるし、手術の同意書を見て、『合併症とか怖すぎんだろ、術中覚醒《かくせい》が起きても文句言うななんて同意できねえよ』とか騒ぐような人です」

何度も騒がれるので、僕は聞き覚えのない言葉まで覚えてしまった。

「術中覚醒って何？」

「手術中に目が醒《さ》めることですよ。滅多《めった》に起きませんけどね」

確かにそれは怖いね、と少年が身震いをしてから、「でもさ、迷惑だって平が注意すればいいじゃん」と年長者を責めるように僕を見た。

「僕が言っても、素直に自分が間違ってました、とはならないと思うけどなあ」

「ですが、ルールが機能するのをただ待つのも無責任な気がしますよね」

博士さんが、講義をするような口調で話を始めた。

「例えば、『裸の王様』っていう話がありますよね」

童話の話が突然出てきて、意外に思いながら、「ええ」と返事をする。

王様が「愚か者には見えない不思議な布地ですよ」と商人から売りつけられ、家来や町の人たちはその布で出来た服を見えているふりをしていたが、一人の少年から「王様は裸だ」と指摘され、商人から騙されていたことが明るみに出るという話、だったと思う。

「誰かの間違いに気づいているのに、みんなが何もしないからと放置することは悪循環になります。怠慢、と言ってもいいかもしれません」

言われてみたら、その通りのように感じた。が、それはあくまで童話だ。現実だったらどうだろう。

「でも、個人で動くのってリスクがありますよね。磯貝さんに注意して、逆ギレされて事態がややこしくなるかもしれないじゃないですか」

「リスクもありますが、知恵でどうにかなるかもしれませんよ。少し親しくなってから

『何度もナースコール押すの誰なんでしょうね』と罪悪感に訴えるとか」

「それは俺だ、なんだよ嫌味か？　ってやっぱり逆ギレされないですかね」

「すいません、これも無責任な発言でしたね」博士さんが苦笑する。だが、こうして答えを博士さんに出してもらおうとしている自分のほうが無責任だな、と反省した。

「ちょっとトイレに行ってきます」

博士さんがトイレに席を立ち、図書室を出ていくのを見送ると、少年がそう言えばと口を開いた。

「放っておくのも一つの手かもよ」

「王様が裸だって？」

「そっちじゃなくて、磯貝って人の話。実はさ、態度の悪い患者は夜中に連れていかれちゃうって噂があるんだ。次の日の朝、ベッドからいなくなってるんだって」

それは、夜中に容体が急変してしまい、そのまま戻らなかったということではないだろうか。そのことを小学校三年生に伝えるのも憚られるので、そうだねとうなずく。

「人間の腕が飛び出してる清掃カートが、夜中に運ばれてくのを見た人がいるらしいよ」

「それは怖い話じゃないか」幽霊とかは苦手なんだよ、と怯えると、少年がけたけたと笑った。

しばらくして博士さんが戻って来ると、僕は悩みを全て見なかったふりをするようにババ抜きやら七並べやらに興じた。博士さんが大人げなくお菓子を総取りし、そのお菓子を一つずつ分けてもらって談笑しながら食べ、少年が「なんだか眠くなってきた」と大きく欠伸《あくび》をして本当に眠ってしまったことへの自由さに驚きながら、解散することになった。

少年を病室まで送ると言う博士さんと別れ、僕は五階にある自分の病室へ戻った。少女漫画の続きを読んで素直になれない主人公にやきもきしようと、ベッドのそばに置いてあるはずの見舞いの品をまとめた紙袋を探す。

だが、見つからない。

僕はのんきにババ抜きをしている場合ではなかったのかもしれない。

病室から、僕の私物がなくなっていた。

6

隣のベッドのカーテンが今日も開いている。つるんと禿《は》げ上《あ》がった頭の磯貝さんと目が合う。彼は不機嫌そうに眉間に皺を寄せた。「なんだよ」

「あの、ここにあった、僕の大きな紙袋知りませんか？」

「おれは別にお前のベッドを見張ってるほど暇じゃねえよ。松葉杖《まつばづえ》に慣れねえから、じっとしてるだけだ」

「ですよね、すいません」

「あ、でも、変な奴は来なかったな。お前がいなくなった後、カーテンを開けてのんびりしてたんだよ。ずっとカーテンをしてると、なんだか狭っ苦しいだろ?」

カーテンをしていないとプライバシーが守られていない気がするので僕は嫌だけど、

「確かに、そうですね」と同意してみせる。

「理学療法士がお前に会いに来たけど、留守だって教えといてやったぞ。あんまりうろちょろして、病院の奴らに迷惑をかけるなよな」

あなたに言われたくない、と喉まで出かかったが素直に「すいません」と謝る。が、だとすると、誰が盗んだのだろうか。

お菓子は構わないけど、妹から借りている漫画は返してほしい。森巣に相談したら、あっさり推理してくれるのではないかという期待と、今頃おかしなことをしていないだろうなと気になって、

『ちょっと事件が起きたんだけど、相談に乗ってくれないかな』

とメッセージを送った。

するとすぐに、『食堂に来てくれ』と森巣からメッセージが飛んできた。

返信の速さに驚きつつ、慌てて病室を出てエレベーターへ向かう。ボタンを押そうと手を伸ばした時、ピポーンと音がして扉が開いた。

中に乗っていた看護師さんが、僕を見て「あ」と声をあげる。

「平くん、これさ――」

何事かと身構えたら、見覚えのある袋を差し出された。盗まれたと思っていた僕の袋だ。中を確認すると、少女漫画と地元銘菓の箱が入っていたので間違いない。

「落とし物で届いてたよ。この漫画、読んでたよね？」

看護師さんと話した後、すぐに食堂に向かうと、森巣は昨日と同じ場所に座っていた。てっきり僕が待つものだとばかり思っていたので、どうしてもういるのかと驚く。

が、他にも驚いたことがある。森巣の向かいの席には髪を後ろで結った女医さんが座っていた。何かを話している様子だったが、僕が来たことに気づくと森巣が手をあげ、そして女医さんも僕をちらりと見てから席を立った。

女医さんとすれ違う。表情が硬く、冷たい近寄りがたい雰囲気のある綺麗な人だった。

「今の人は？　お医者さんをナンパしてたわけじゃないよね」

「まさか。ナンパはされるもんだからな」

病院で何をしているのか、と呆れる。昨日も森巣がいる間、看護師さんが代わる代わる様子を見に来ていたな、と思い出す。

改めて森巣を見つめる。僕や同級生とは顔の造形が違う。神様が、「本気で作るか」と意気込んだのではないかと思えるくらい、彼の顔は整っており、妙な色気と人を魅きつける儚《はかな》さと危うさがあった。が、目の下には昨日より隈が目立っている。

「早いね」学校は？　と訊こうかと思ったが、行っていないのだろう。

「近くにいたからな。で、何があったんだ？」

「ああ、別に、なんでもないよ」

「いじけるなよ。さっきの女はそういうんじゃないぞ」

「いじけてないし、本当になんでもなかったんだ。これ、待たせたお詫び。好きだろ、甘いもの」

袋に入っていた菓子を差し出すと、森巣はじっと見つめていた。

「地元銘菓って食べる機会がないけど、結構美味しかったよ」

森巣が菓子をブレザーのポケットにしまった。今食べないのかと眺めていると、「呼び出したんだから、勿体ぶらないで話せよ」と促された。大袈裟な話題にしてしまったことに、ばつの悪さを感じながら、責任感を覚えて説明をする。

「なんてことはない話だけど、図書室に行って戻って来たら、漫画とお菓子を入れた袋がなくなってたんだ。隣のベッドの磯貝さんによると、僕のベッドに来たのは理学療法士さんくらいで、不審者は来てないらしい」

「もうリハビリするのか？　早いな」

血流とか筋肉を弱らせないために、リハビリはもう始まっている。それよりも、だ。

「で、袋を誰かに盗まれたと思ったんだけど、戻って来たんだ。看護師さんから落とし物だよって渡された。同じ階の喫茶スペースにあったらしい。地味な話だろ？　どうせ犯人は磯貝さんだろうし」

「隣のベッドの患者か。どうしてそう思うんだ」

「森巣は、春に犬探しをした時のこと覚えてる？」

「ああ、あれは四月だったか、懐かしいな」

「そんなのんびりした反応しないでよ。あの時、犯人が犬を盗んで逃げたって嘘を吐かれていただろ？　存在しない犯人の話を聞いて、僕はそれを信じて調べていた」

「あったな、そんなことも。懐かしい」

「だからしみじみしないでよ。で、これはそれと同じなんだよ。磯貝さんは、理学療法士さんが来たって嘘を吐いたんじゃないかな？」

「どうして」

「理学療法士さんが盗む理由がないじゃないか。大方、磯貝さんがお菓子の盗み食いでもしたかったんでしょ」

「だったら、袋ごと盗むのはおかしいだろ」

「そっか。じゃあ、少女漫画を」と口にしながら「四十冊隠れて読破しようとはしないよね」と考えを否定した。

こうなってくると、目的がわからず、不可解だ。

不可解と言えば、僕の弾き語りを聴いて百万円を払い、その後ゾンビの真似事をして警察に逮捕された大学生がいた。あの時のゾンビ大学生ほどではないものの、磯貝さんの行動はおかしい。

もしやこれも、あの時と同じような理由なのではないか、という考えが浮上してくる。

「磯貝さん、何か弱みを握られていて、盗むように脅されたって考えられないかな？」

「ゾンビの大学生みたいにか？」

「そういうこと。大事なのは結果だって森巣はよく言ってるだろ。結果から考えると今回は……」

そう口にし、頭の中で考えをこねる。

お菓子も少女漫画も、盗まれたけど戻ってきた。

結果、何も変わってなかったな、と肩を落として森巣を見る。

困ったことがあり、森巣とこうして話しているだけだ。

その時、嫌な想像が生まれ、じわっと冷や汗が浮かんだ。

僕は何に気づいたのか、とじっと森巣を眺めていたら、頭の中で閃光が焚かれた。

それは、真相を照らし出す鮮やかなものではなく、閃いたせいで闇が濃くなるのを思い知らされるようなものだった。

森巣のいつもの推理方法は正しい。僕は自分が迂闊なことをしたと、唇を噛んだ。

「どうした」

「森巣、まずいことになったかもしれない」

「骨を折られて入院して、盗難の被害に遭って、まだ平はまずいことになるのか?」

森巣が余裕を感じさせる笑みを浮かべるが、危ないのは僕じゃない。

君だ。

7

「僕の袋が何も盗まれないで返された。これで結果的に何が起こったのか」

「何が起こったんだ?」

「僕が君に相談をして、呼び出した。これが結果で、これが目的だったんだよ」

「だろうな。だが、犯人は磯貝じゃないと思うぞ。見舞いの時に見たが、磯貝は足を折ってるようだったしな。松葉杖や車椅子で、漫画が山ほど入った袋を持って移動していたら、誰かに見られるだろ」

森巣の言う通りだが、そんなことよりも気になることがある。

「つまり、犯人は理学療法士だ。おそらく偽者で、理学療法士の格好をして盗みに行ったんだろう。病院にいそうな格好をしていたら、関係者だと思い込むだろうからな」

「まさか、自分が誘き出されたって気づいてたの?」

森巣が首肯する。

犯人が誰かよりも、そのことに驚かされた。

「平からメッセージが届いて、何か仕掛けられたのかと思っていたし、話を聞いて、そうだろうなと確信した」

どうして、と僕は口を動かしながら、僕ではなく森巣が狙われている理由を考える。

「平の所為じゃない。俺がヘマをしたんだ。滑川を襲った残党について嗅《か》ぎ回っていたんだが、それに気づかれたんだろう。それで誘き出された。今もその残党に見張られていると考えるべきだ」

「見張られてるって、まさか、さっきの女医さん?」

「いや、あれは本当に違う」と森巣が苦笑するが、こっちの不安や胸騒ぎは止まらない。

「人前で何かしてくることはないと思うけど、病院を出たら森巣が襲われるってことはないかな?」

「あるかもな」

「どうしてそんなに、余裕ぶってるんだよ。危ないのは君なんだぞ。僕は殺されかけた。

君も狙われたら、ただじゃ済まないかもしれない」

森巣は、自分がキノコ男のグループを調べ、ばれたからだと言っているが、元を辿れば僕がキノコ男と遭遇してしまったことが、このトラブルのきっかけだ。僕の所為で森巣を危険な状況に連れ出してしまった、と後悔の波に飲まれる。

「平、勘違いをしてるぞ」

「何？」

「余裕ぶってない。余裕はないからな」

森巣がそう言って、コップの水を口に運んだ。

「なあ、もう警察を頼ろう。クビキリとか強盗ヤギとか、今までのことを話せばきっと追い返されることもないって」

「いや、警察を頼る選択肢はない。俺は今までに犯人を逮捕させたこともあったが、あれはただの手段だ。刑務所にぶちこんでやりたかっただけで、俺にとって警察は守ってほしいと縋る存在じゃない」

「どうしてなんだ。意地を張るなよ」全然話が通じず、コミュニケーションが取れないことに、歯がゆさと苛立たしさを覚え、声を荒らげてしまう。

すると森巣は、僕を制するように左手を向けた。そこには、目立つミミズ腫れになった線が浮かんでいる。前にも見せてもらったことがあるが、息を呑む傷跡だった。

「俺が父親に暴力を振るわれて育った話はしたよな。警察や偉い奴らは何もしてくれなかった。正しいと思うことをして生きるためには、自分自身が強くなるしかない」

「本当に、助けてもらえなかったの？」

「嘘だと思うのか？」

「そうじゃない」ただ、それは、とても悲しいことだと思っただけだ。

「俺はルールだとか綺麗事だけを言う誰かは信じない。気にくわない連中とは戦うし、守りたい奴は守る。それができなかった時に、何もしなかった奴の所為にしてのうのうと生きるのはご免だ。俺はこういう目に遭うのも初めてじゃない。自分が安全じゃない道を進んでいる自覚と覚悟はしている」

森巣が語っているのが、悟ったふりではないということが、尋常ではない真剣な目つきから伝わってきて、それが辛かった。

彼は、痛みと、死を知っている目をしていた。

覚悟をしていなければ、今までのような無茶はしてこなかったはずだ。理解はできる。だけど、僕といた時間は楽しくなかったのか、例えば雑談をしたり、甘いものを食べたりするようなあの時間だって良いものだと思わなかったのか、とやるせなさに襲われる。

「今回は予想できなかったことが起きた」

僕の所為で彼が狙われてしまっていることか、と胸が苦しくなる。

「が、考えがないわけじゃない。平の骨を折って、嗅ぎ回る俺を狙ってる奴は、滑川を仕留めそこなった、だろ？」

やり切れなさで曇った頭を慌てて拭《ふ》いて、相関図を頭の中で描き、そういうことになる、と相槌を打つ。

すると、森巣がこつこつ、こつこつ、と指先でテーブルを叩き始めた。

「敵は病院にまで侵入して来た。危機的状況だが、平を見つけたのに放っておいているところを見ると、お前の優先順位は低そうだ。が、念のためにこれからずっと病室のベッドで大人しくしていろ。何かあったら大声で騒ぐかナースコールを押して助けを呼べ。俺も今日一日、死ぬ気で逃げ切る。そして明日、八木橋と組んで滑川に奇襲を仕掛ける。が、その前に俺たちを狙っている滑川を襲った残党を見つけて、病院に誘き出す。その情報を八木橋経由で滑川に流せば、護衛がそっちに行くはずだ。警備が手薄になった滑川の個室を、俺が叩く。残党が滑川の護衛に勝てば、景品としてのびてる滑川を引き渡し、俺たちのことは忘れてもらう。護衛が勝ったら、戻って来た護衛を俺が撃退する。その場合、滑川は責任を持って八木橋になんとかさせよう。それは最終手段だがな」

計画が瞬時に組み立てられ、説明されたことに、圧倒された。

「すごい……それ、今考えたの？」

止めるための言葉を探すべきなのに、思わず感心の声を出してしまった。

「だけど、どうやってその残党を見つけるわけ」

「それは、平に頼みたい」

「僕？」

「お前は目が良いからな。この食堂にいる、俺を狙っている奴の目星をつけてもらいたい。明日、入口のそばで見張って、そいつが病院に来たら知らせてくれ」

「そんな、責任重大じゃないか。一体どうやって」

おそるおそる周りを見る。食堂には、ざっと見た感じでも四十人ほどいる。約一クラス分、覚えられない人数ではない。が、それでも、だ。

「食堂にいる全員を覚えろとは言わない。俺がここを出たら、尾行するように付いて来る奴がいるはずだ。そいつを覚えてくれ」

「それなら覚えられる、と思う」

「じゃあ、任せたぞ」

森巣がそう言って立ち上がり、僕の脇を通り過ぎようとした。ので、彼の腕をつかむ。

今、尾行する不審者を森巣が待ち伏せすれば、とも思ったが、のびた滑川を差し出したほうが交渉しやすいだろうし、森巣が先手を打って不審者を倒したら、滑川の処遇に困るのだろう。八木橋さんに任せるのが、最終手段だというのは僕でもわかった。

「森巣、僕はまだ引き受けたとは言ってない」

「不安なのか？」

「違う。計画が成功するのかが気になってるんじゃない。君がやろうとしていることが正しいんだって、確信させてほしいんだ」

すると森巣は、ゆっくりと僕に向き直った。

彼は窮地にいる。なのに、震え一つ見せず、凛とした佇まいをしていた。それは決して、余裕や勝算があるからではない。覚悟をしている奴の気迫が伝わってくる。

達観したような顔つきで、僕の心を覗き込むような目をしていた。

「俺を信じろとは言わない。お前自身が何を正しいと思うかを、他人に委《ゆだ》ねるな。自分で決めるんだ。俺に手を貸してもいいと思ったら、手を貸してくれ。警察に通報したかったらそうしても構わない。平の好きにしろ」

穏やかな口調だが、突き放すような言葉だった。思わずつかんでいる手を離してしまう。

森巣は何かを続けようと思ったのか、口を開きかけたが、何も続けずに出ていった。僕は、いなくなる森巣と、彼を追うように消える男の背中と、ぽかんと空いた食堂の出口をしばらく眺めていた。

8

森巣が何者なのか、まだわからずに迷っている。

孤高の探偵なのか、冷酷な狂人ではないと信じていいのか。

町に巣喰《すく》う悪の親玉と、そいつを狙う別の悪党の諍《いさか》いに、高校生である森巣と僕は巻き込まれている。しかも、森巣を巻き込んでしまったのは僕だ。失敗すれば、僕のように骨を折られるだけでは済まないだろう。

森巣が戦うのは彼の意思だ。そして彼は僕に、好きにしろと言った。

「どうしてそういうことを言うんだ」

ベッドでそう口にしてみる。

信じてくれ、助けてくれ、頼む、そう言ってくれたら、そうしてやるのに。

ベッドサイドテーブルに置かれた時計を見ると、午後の十時半になろうとしていた。消灯は十時だったが、全然寝つけない。

そう言えば、森巣は明日、見つけた不審者を病院のどこに誘き出すつもりなのだろうか。人目につかず、戦いが起きても誰の迷惑にもならない場所はあるだろうか。

展望室に患者がいるのはあまり見ないけど、職員の人が休憩しているのは見かける。

となるとやはりあそこか。

ベッドで大人しくしていろ、と森巣に言われたが身体を起こした。念のため、下見しておいてあげようと病室を抜け出す。看護師さんや警備の人の巡回に見つからないように、そっと移動してエレベーターに乗り、三階にある図書室へやって来た。扉をスライドさせて中に入ると、奥だけ電気が点《つ》いており、おや？ と思いながら歩を進める。

話し声が聞こえ、目をやるとそこにはテーブルに向かっている、博士さんがいた。こちらに背を向け、スマートフォンを右手に持って耳に当てていた。電話中のようだ。ここは通話してもいいのだろうか、と少し気になったが、博士さんと少年以外見たことがないし、トランプや飲食もしているしな、と勝手に納得する。

盗み見ているようで悪い気がしたので、小声で「こんばんは」と声をかける。

博士さんは僕に気づくと「やあ」という感じにペンを持っている左手をあげ、すぐにスマートフォンをポケットにしまい、代わりに補声器を取り出して喉に当てた。

「平くん、こんばんは。夜に会うのは珍しいですね」

「ですね。こんな時間に、どうしたんですか？」

「眠れない夜はたまに来ます。不眠症なんですよ、睡眠薬も飲んでるんですけどね」

「眠れないのは大変ですね」

「平くんはどうしたんですか？」

「僕も寝つけなくて、散歩に」そう言いながら、「あの、よければ相談に乗ってもらえませんか？」と博士さんの向かいの席に移動し、腰掛けた。

「当事者意識がないのは無責任だって言ってましたよね。『裸の王様』の話で」

「間違ってると思うことに対して何もしないのは怠慢だ、というお話でしたかね」

「ええ。でも、子供がリスクを負う必要はあると思いますか？　周りの大人がなんとかするべきだと思うんですけど」

「それこそが、あの童話のテーマなのかもしれませんね。大人は空気やルールを大事にするから、あてにならない、という」

「そこまでして大人は何を守りたいんでしょうか」

「みんなの平和です」

「平和かもしれませんけど、それって幸せなんでしょうか」

「残念なことにルールを守ることイコール幸せになれる、ということではありません。例えば、復讐は悪いことだと思いますが、当事者になれば、同じことが言えるでしょうか。尊厳を奪われ、大切な仲間が酷い目に遭って、何もしないということを選べますか？」

大切な仲間、と言われて森巣が思い浮かぶ。彼の身に何かあったら、僕は冷静にルールが適用されるのを待てるだろうか。

「立ち向かえる自分でいたい、そう思いますけど、できるかどうか」

博士さんは、僕がこう答えることをわかっていたかのように、小さくうなずいた。

「大切なのは、ルールよりも満足する結果になるかどうか、自分で選ぶことじゃないでしょうか」

「でも、みんながルールを守るのをやめたら、世の中が滅茶苦茶《めちゃくちゃ》になりませんか?」

「ええ、なので、ルールを破ったら、責任を問われる自覚もしておくべきですね」

責任を問われる自覚、と胸の中で復唱する。

僕は、強盗の被害にあったと嘘を吐いている八木橋さんを見逃し、悪徳大学生を脅迫した男性を見逃し、そして悪人と戦う森巣を見逃している。なのに未だに迷っている。

自分自身の考えを、そろそろ固めるべきだ。

「偉そうに話してしまってすいません。喋りすぎる悪い癖が出てしまいました」

博士さんがそう言い、頭を下げる。いえいえ、と首と手を振って悪いのは変なことを言い出した僕です、と伝える。

僕の満足は何か?

周りの人たちが平和に暮らすことだ。その中に、森巣も含まれている。

僕は守りたい。ルールを守りたいのではなく、大切な人を守りたい。

僕は森巣に一人で危険な目に遭ってほしくない。

だから、警察に通報しよう。

「それじゃあ、お先に」帰りますね、そう言いかけた時、テーブルの上にあるものを見つけて固まった。

「どうしましたか？」

テーブルの上には、手帳とボールペンが置かれている。

目を瞑《つむ》り、葛藤《かっとう》する。進むか、戻るか。

僕が本当の覚悟をしていたのなら、何をするべきだ？

自分は臆病だからフォローはできても、悪意に立ち向かう勇気のない人間だと思っていた。

でも、守るために、僕も戦わなければならない。

考えが変わったのは、誰かの影響だろうか。

なんでもありません、おやすみなさい、そう言うことなく口が勝手に動く。

「博士さん、ところであなた、本当は何者ですか？」

9

僕の質問を受け、博士さんが喉に補声器を当てる。

「何者、とは?」

「質問を変えますよ。僕がここに来た時、電話をしてましたよね」

「誰もいなかったので。ルール違反はまずかったですね」

「いえ、僕が気にしてるのはそこじゃありません。右手に電話を、左手にペンを持っていた。テーブルの上の手帳にはメモをした跡がある。右手と左手が塞がっているのに、あなたはどうやって話してたんですか?」

「これを使って、ですよ。補声器とペンを交互に持ってやりとりしてたんです」

「いいえ、僕が話しかけたら、あなたはポケットの中から補声器を取り出しました。使ってませんでしたよ」

「そう、でしたかね」

「マナー違反だと思って聞かなかったんですけど、あなたは何の病気なんですか?」

森巣が言っていた、「病院にいそうな格好をしていたら、関係者だと思い込むだろうかららな」という言葉を思い出す。入院着を身に纏い、補声器を使っている彼のことを、僕はすっかり病人だと思い込んでいた。

博士と呼ばれていた男は、ふーっと息を吐き出して、首に巻いているストールを外した。傷一つない首が露《あら》わになり、ストレッチに合わせてボキボキと音が鳴る。

「緊急ミーティングをしようか」

その言葉と声には聞き覚えがあった。僕を警棒で殴打し、骨を折ったキノコ男だ。

「声でばれないように補声器をつけていたんだ。結構いいアイデアだっただろ？」

「髪の毛はどうしたんですか？」

「あれはウィッグだよ。この眼鏡だってなかなか似合っていると思わないか？」

男は眼鏡に触れ、楽しそうに片頬《かたほお》を歪めた。

「私からも質問していいか？　どうして君は気づかないふりをしたり逃げたりしないで、わざわざ挑んできたんだ？　何か勝ち目があるのか？」

「勝ったとか負けたとか、どうでもいいんですよ、僕は丸く収めたいんです」

「ほう」と興味があるのかないのかわからない相槌が返される。

「あなたの狙いは上のＶＩＰ個室にいる滑川なんですよね。森巣が何をしたか知りませんけど、あいつを狙うのをやめてもらえませんか」

男が黙っているので、唾を飲み込み、説得を続ける。

「明日、僕と森巣がここで騒ぎを起こして、滑川の護衛を引きつけます。あなたはその間に滑川のところに行けばいい。そして、僕らにはもう関わらないでください」

これは悪い提案ではないはずだ。嗅ぎ回る森巣の何が気に障《さわ》ったか知らないけど、見逃してもらえるくらいのことはするつもりでいる。

が、男は顔に落胆を滲ませ、首を小さく横に振った。

「なんだ、まだ気づいていなかったのか。君は全部に気づいたような顔をしていたから、てっきりばれているのかと思ってしまったよ」

どういうことか、と眉間に力がこもる。

「私は滑川を狙ってなんかいないよ。滑川は私だからね」

男は金髪のウィッグをつけて僕の前に現れ、入院患者のふりをして僕に接触し、自分が森巣と対立している男、滑川だと名乗った。理解が追いつかず、頭が真っ白になる。

向かいに座る男、滑川が落ち着いた口調で語りかけてくる。黒縁眼鏡は知的で、威厳《いげん》や自信を感じさせる高い鼻をしている。

僕が知っている中で一番冷酷なことをしている人間は、とても穏やかな顔をしていた。

「本当に、滑川なのか？」

「ああ、そうだよ」

「クビキリとか強盗ヤギとか、最近起こっている色々な事件の首謀者の？」

「それは違うな」

この柔和そうな人物が、人の不幸や悪意を利用する犯罪者だと繋がらない。

が、「たったそれだけじゃない」と男は続けた。

「アイデアを売る仕事は、最近始めたわけじゃないんだ。十九の時からだから、もう六年になるかな。若い頃は年齢のせいでナメられて、腹が立ったものさ。見下されるってのは不愉快だよな。だから、私は君たちのことを子供だからと侮ってはいないよ。正当に評価している。だから、こうして直接相手をすることにしたんだ」

男、滑川は母校の後輩に話しかけるように、優しく語りかけてきた。

彼の言うことが本当だとすれば、安心なんてものは、今すぐ遠くにかなぐり捨てなければならない。そして、そして、と頭の中で言葉を埋める。その先、どうすればいいのかがわからず、狼狽しながらじっと滑川を見据える。

「そう固くなるなよ。君はただの餌で、目当ては森巣良、彼だからね」

「僕の骨を折ったのは、もしかして」

「ああ、森巣君を誘き出すためだよ。君、強盗ヤギの時に一緒にいたんだろ？　もしかしたら仲が良いのかなと思ってね。家族と仲が悪かったら、別に死んでも悲しくないだろうけど、自分で作った友達に何かあったら、ちょっとは気になるかもしれないだろ？」

キノコ男は滑川で、滑川が襲撃をされたという話は嘘、滑川を狙う残党も本当はいなかった。形勢がどんどん不利になっていく。ゲームで自分が駒を置こうと思っていた場所をどんどん奪われていくみたいだった。

「でも、あんたなら、人をけしかけて僕らを殺すこともできたんじゃないのか？　どうして自分でこんなことを？」

「さっきも言ったと思うが、人生ってのは自分自信を満足させることだと思うんだ。そして、満足は勝利することだけで味わえる。勝利し続けることが、幸福な人生なんだよ」

まっすぐな口調で言われ、滑川の言うことが正しいのではないか、と思わず納得しそうになる。

「自分の仕事にケチをつけられたのがたまらなく嫌でね。だから、君のお友達には、しっかり勝って満足したいんだ」

「森巣を、どうするつもりなんだ？」

「彼、結構良い顔をしてるね。海外から取り寄せた道具の耐久実験に使いながら殺そうと思ってたけど、変態のオモチャに売り飛ばしてもいいし、スナッフ動画にしてマニア共に売るか迷ってるところだよ。スナッフ動画ってわかるかい？ 人が殺される動画だ。世の中おかしな趣味の奴がいるよな」

足の多い虫が身体中を這うような気色の悪さと怖気を感じた。このことを知っている僕が滑川を止めなければ、と呼吸が乱れる。

「でも、君のことは巻き込んで悪かったし、入院生活にも飽きたから勝負をしないか？」

10

勝負？　と怪訝に思いながら睨んでいると、「そう怖い顔をしなくても」と笑い、「負けたら死ぬだけだよ」と不穏な言葉を続けた。

　滑川は椅子の上からコンビニ袋を持ち上げ、中から二つ地元銘菓を取り出してテーブルの上に置いた。プレーン味の白い袋とチョコレート味の茶色い袋のものだ。

「一個食べたら、一度だけ電話をかけさせてあげよう。片方は当たり、片方はハズレだ」

「電話？　それなら今すぐ警察にかけてやる」

「いいや、賭けに乗る必要はあるんだよ。これは、トランプの最中にトイレに行くふりをして君のベッドのそばにあったのを盗んだものなんだ。ほら、身に覚えがあるだろ？」

　驚きつつ、慌てて記憶を遡って検証する。

　言う通り、滑川に盗むことは可能だったし、理学療法士の格好をしてそっと僕のベッドを訪ねることが彼ならできただろう。

「袋からは何も盗まれてないと思っただろう。盗みはしなかったが、いくつかに毒を仕込んだんだ。この菓子、誰かに渡さなかったかい？」

　質問を受け、部屋の温度が急激に下がったように感じた。

　甘いもの好きだろ？　そう言って、僕は森巣に渡してしまっていた。

「渡したようだね。何人に渡した？　そいつらは食ったかな？　まだか？　今こうして迷っているうちにおいしいおいしいって食べてるかもな。ほら、勝負したくなってきただろ？」

そう言って、滑川が入院着の懐に手を入れて、黄色い何かを取り出した。くの字型の工具のようなそれには見覚えがあった。テーザー銃が、僕に向けられている。

「何が勝負だ。どっちが毒入りか知ってるんじゃないか？」

焦らせ、正常な判断ができないまま、騙して毒入りの菓子を食べさせる、そういう計画なんじゃないか。滑川も指摘されて困るだろうと思ったのだが、飄々としたままだった。

「毒を仕込んだのは私の部下でね。私も知らないんだ。でも、じゃあ、私も一つ食べるよ」

「え？」

「意外かい？」

「だって、どうして。そんなことしても意味がないだろ」

「人間の一番の敵はなんだと思う？」

滑川は何を言いたいのだろうか、と睨みつけながら言葉を待つ。

「運命だよ。神のみぞ知るってやつが、私の想定通りか勝負したいんだ。私は、自分が勝って君が死ぬと思う。確かめさせてくれ」

「自分の享楽に他人を巻き込むな」

「人生は狂った者が勝つんだよ」

ほら、と菓子が二つ差し出され、テーザー銃を向けられた。選べと促されている。滑川に反論したいが、抗弁する時間も迷っている時間もなかった。

心臓が早鐘を打ち、呼吸のリズムが崩れる。僕が気づいていないだけで、毒入りの袋には、滑川にはわかる目印があるのではないかと目を凝らすが、わからない。

これ以上迷ってる時間はない、と右のチョコレート味の菓子をつかんだ。

「右でいいんだね」

滑川が躊躇なく左の菓子に手を伸ばしたので、「左にする」と宣言した。滑川も焦るのでは、と顔色を窺うと「左だね」と涼しい顔で返された。

純粋な賭けであることのほうが、とても恐ろしいことに思えたが、もう後には退《ひ》けない。

森巣に毒のことを、一刻も早く伝えなくてはならない。

滑川が封を開けて口の中に菓子を放り、咀嚼《そしゃく》を始めた。自分は飲み込まず、僕が飲み込んでから吐き出すのでは？　と疑っていたら、滑川はゴクリと飲み込み、口を開けた。

「ほら、君も食べなきゃ電話をかけさせてやらないぞ」

食べて、電話だ、と僕も菓子を口に入れる。薄い生地とバターの香りが口に広がる。毒だったら吐き出してやる、と思いながら注意して嚙みしめるが、緊張しているせいで味の違いがわからなかった。

飲み込み、口を開く。

「約束通り、電話をかけなよ」

僕は急いでポケットからスマートフォンを取り出し、森巣に電話をかけた。

耳元で、呼び出し音がする。規則的で温《ぬく》もりのない電子音が続くことに苛立ちを覚える。

こんなに大変な目に遭っているというのに、無下に扱われているようだった。世界中《せかいじゅう》が僕の友人に対して無関心なのではないかとさえ思えてしまう。

「友達との最後の電話、制限時間は一分としよう」

最後？　と頭の中で疑問符が浮かぶ。

「勝負は私の勝ち。負けた君は死ぬわけだ」

そう言われた直後に、頭をつかまれて揺さぶられたような目眩を覚え、耳に当てたスマートフォンから声が聞こえた。

「もしもし」

11

もしもし、と警戒する声が聞こえる。森巣の声だ。

「森巣、僕だ」

「どうした」

「僕が渡した菓子を食べたか？」

「いや、まだだ。それが――」

「食べてないんだな？　いいか、それには毒が入ってる、だから絶対に食べるなよ」

「おい、平、何がどうなってる」

「よく聞いてくれ。僕は今、図書室に滑川といる」

「図書室？　三階のか？」

「ああ。僕が入院中に会っていた奴が、実は滑川だったんだ。滑川は、君を狙ってる。だから、君は」

逃げろ、そう伝えたかったが、口がまた勝手に動いていた。

「勝てよ」

そう言った後に、なんと続けるべきか逡巡する。ピポーンと何か電子音が聞こえ、はっとして言葉をがむしゃらに投げつけた。

「君のやってることを正しいとは思ってない。だけど、君が負けていいとも思ってないんだ。だから、君は、勝てよ。覚悟があるんだろ？　覚悟があるなら、何年かかってでも、探し出して追い詰めて、それで、絶対に勝てよ」

混濁する意識の中で考える。これは遺言なのだろうか、こっちは必死に伝えてるんだからキャッチしてくれよ、そう念じていたが、返事がない。

おかしいと思って画面を見ると、通話が切れていた。いつからだよ、と顔をしかめる。

「終わったかい？　これはもう必要ないね」

滑川がそう言って、僕からスマートフォンを取り上げた。

「ところで、君の人生って何があったら満足なんだい？」

「友達や家族が、平和に暮らすことだよ」

「それは、とてもつまらない答えだね」

立ち上がろうと思ったが、足に上手く力が入らなかった。が、もうどこにも行く必要はない。背もたれに体を預け、深く呼吸をした。

「安心してくれ。友達とは地獄で再会させてあげるよ」

「地獄に落ちるのはお前だ。僕の友達は誰にも負けない」

そう言った、その直後だった。

図書室の扉を開く大きな音が響く。滑川の仲間が僕を連れ去りに来たのか、そう思ったのだが、現れたのは森巣だった。

入院着を着た森巣は肩を怒らせ、尋常ではない顔つきでこっちを見ると、迷いのない足取りでやって来た。

どうしてここに？　どうして入院着を？　どうして？

「お前が滑川か」

「やあ、森巣君。はじめまして、だね」

滑川が足を組んで顎に手をやった。

「森巣、さっき話しただろ。僕は毒を食べた。わかるんだ、もうすぐ死ぬ。だから、君は今すぐそいつを倒せ」

「そうとも限らないと言ったらどうする？」滑川はそう言って、僕を指差した。「そいつを助ける方法はあるって言ったら、どうする？」

「どういうことだ？」

「上の病室に解毒剤がある。そうだね、今なら三十分以内に飲めば助かるよ」

「気前良くくれるのか？」

「勝負に勝ったらあげよう」

「勝負？」

ああ、と滑川がうなずき、コンビニ袋から菓子を取り出して、また二つテーブルの上に並べた。プレーン味とチョコレート味のものだ。忌々しい、毒入りの菓子。

「どちらかには毒が入っている。毒が入ってないほうを君が食べたら、解毒剤をやるよ。片方は毒入りじゃないと証明するために、私も食べる。どうだい？」

「神頼みの運試しか?」

「二度説明するのは面倒だからしないよ。まあ、君が友達を見殺しにするってなら、それでもいいけどさ。お友達は君に電話をかけるために私と勝負をしたぞ」

助かりたい、という気持ちはもちろんある。だけど、君が命を賭けることはない、そう伝えたいのにもう上手く声にできなかった。

「ほら、苦しんでるじゃないか。時間はないぞ」と滑川が危機感を煽《あお》る。

「やろう。お前をたっぷり苦しませてやるよ」

滑川が目を妖《あや》しく輝かせ、片頬を引きつらせるように笑い、菓子を差し出した。その顔にはどこか余裕がある。滑川は、どちらかに毒が入っていると、断定した口調で言った。

本当は知っていたのだ。そして、見分けられる方法は一つしかない。だとすると、だ。

『まずは痛みを知っておけ。今日、自分が死ぬかもしれないと思うんだ』

いつか言われた言葉を思い出し、僕は自分の折れた腕を思いっきりテーブルに叩きつけた。

左腕から脳天まで痛みが駆け抜けていき、体が曲がり、口から曇った絶叫が飛び出す。

悶絶しながら身を起こし、向き直る。

「チョコだ!」と力を振り絞って叫ぶ。森巣が心配そうな顔で僕を見る。

「チョコ味を食えってことか?」

響き続ける痛みを堪えながら、大きくうなずいてみせる。考えられる見分け方はそれしかない。滑川を見ると、水を差されたことに怒っている様子で、眉をひそめていた。

「滑川、俺からも一つ提案がある」

森巣はそう言うと、僕のそばにやって来て、「借りるぞ」と耳元で囁くと、僕のブレスレットを外し、五円玉に結んである紐を力任せに千切った。

「これじゃ勝負にならない、だろ？　どっちが先に選ぶかコイントスで決めるってのはどうだ？」

滑川が虚をつかれたような顔をしてから、笑い始めた。目を爛々とさせ、不吉な笑い声をあげながら肩を震わせている。

「素晴らしいじゃないか」

どうしてそんなことを？　と当惑しながら視線を向けるが、森巣はもう僕のことは見ていなかった。

「私は裏だ」

「俺は表だ」

そう言って、森巣が右手の親指で五円玉を構える。

が、なかなか弾かれない。

森巣が氷のような冷たい表情で、じっと滑川を見つめている。

誰も動かず、静寂が支配し、世界が止まっているようだった。唾を飲み込むことさえ躊躇する、張りつめた緊張が続く。

堪えられない。もう限界だと目を背けようとした時、滑川が何かに気づいた顔をした。

森巣が不敵に笑う。

滑川がテーブルの上のテーザー銃に手を伸ばし、森巣に銃口を向けた。

その瞬間、五円玉が凛としたささやかな音を鳴らしながら上昇した。

滑川の視線が、優雅に宙を飛ぶ五円玉を追う。

直後、余所見《よそみ》をした顔を目掛け、森巣の拳が叩き込まれた。

殴られた滑川の頭が大きく揺れ、操る糸が切れた人形のように、どさりと倒れ込んだ。

「神に助けてもらったことなんてないからな。俺がそんな奴を頼るわけがないだろ」

森巣の声が聞こえ、君らしいねと思いつつ僕は意識を失った。

12

死んだらどこに行くのかを考えて、暗く寂しいところなのではないかと想像し、眠れなくなったことがある。だから、友達の鼻歌が聞こえ、青白い光で世界の輪郭が浮かび上がってきた時、死後の世界も悪くないなと思った。

絵画の中から出てきたような奴が、椅子に足を組んで座り、窓の外の月を見上げている。悪魔のように頭が切れると思っていたけど、天使のような姿で見惚れてしまった。

「もしかして君も死んだのか?」

「俺が死ぬわけないだろ。お前は何を言ってんだ」

「どうして」そう言いながら体を起こすと、左腕だけではなく、頭が締め付けられるように痛み、奥歯を嚙みしめる。揺れている船の中にいるみたいに目眩と吐き気《はけ》がした。

周りを見ると、ここはさっきまでいた図書室だった。

「超短時間作用型の薬は、すぐ効く代わりに持続時間が短い。前にも説明しただろ」

前、いつだ、と思い返しながら、今の状態に似た感覚を思い出す。クビキリ事件の調査をした際に、犯人に睡眠薬を盛られた時だ。

「毒じゃなくて、睡眠薬だったのか」

「そうだ。あんなものは勝負でもなんでもない。どっちにも薬が入ってたんだ。睡眠薬は常用してたら耐性がつくからな。滑川はある程度耐性ができていたんだろう。気絶するくらいの量が混ざっていたら、少しの時間稼ぎにしかならなかっただろうけどな」

「睡眠薬を飲んでるって確かに言ってたけど」

そう言いながら、トランプをした後に少年が車椅子に座ったまま眠ってしまったことを思い出した。あれは、少年を使って実験していたのかもしれない。

森巣は五円玉を構えて、滑川に薬が回るのを待っていたわけか。そして滑川はそのことを悟り、テーザー銃に手を伸ばした、と。

「でも、どうして睡眠薬だってわかったわけ？　本物の毒だったかもしれないのに」

「既に平と接触していたなら、お前を殺すことはいつでもできたはずだ。それをしなかったのは、あっさり殺すつもりがないってことだ。それに……」

口を濁す森巣に、「それに？」と説明を促す。

「もし俺が滑川だったら、平を殺すなら絶対に明日にするからだ」

「どうして明日？」

「万が一、俺だけ生き残れたとしても、毎年必ず思い出すだろうからな」

「なるほど？」よくわからないまま返事をし、鈍《にぶ》い思考の中で咀嚼しながら、追及しようと思ったら、先に森巣が言葉を放った。

「約束を守ったぞ」

「約束？」

「お前の腕を折った奴をぶん殴ると約束しただろ」

言われ、あー、と声が漏れる。森巣がどこか誇らしそうな顔をしているのがおかしくて、「ありがとう」と礼を言いながら、苦笑してしまう。

だが、一件落着、とはまだいかない。聞きたいことはたくさんある。

「ところでその格好は？」

「これは平が襲われて入院したと知って、すぐに俺もここに入院したからだ」

「食堂とか図書室とか、呼んですぐに来られたのは、そういうことか」

「金を積んで入院するようにしたのは、良心が痛んだ」

「なるほどね。なんとなくわかってきた」

「じゃあ、もう説明をしなくていいな」「いいや、説明はしてくれ」

「明日じゃダメか？」「今してくれ。全てを説明してほしい」

絶対にだ、と刺すような視線を向ける。森巣は煩わしそうに頭を掻きながら、手を組んで僕を見た。

「まず平が襲われて、タクシー運転手に病院に運ばれたと聞いた時点で、これには裏があると考えた。頭を打たれてるのに、救急車を待たないで運ぶ馬鹿がいるか？　つまり、この病院に平を入れたいんだとわかった。思いつくのは滑川が俺を誘き出すためだ。俺はあいつの仕事をいくつか潰したからな」

「……続けて」

「どうして滑川に平のことがばれたのかが気になるんだろ？　それは言いにくいんだが、強盗ヤギの時に、俺がお前を店に連れていった所為だ。八木橋は制服姿の俺たちを見たから学校も特定できただろうし、校門のそばに張り付いていれば見つけることができるだろう。だから、俺は学校に行かないで滑川のことを調べていたわけだ。食堂で平が襲われたと話していたのに、八木橋がそれについて訊ねなかったのを見て、何もかも知ってるんだなと確信した」

「……続けて」

「あとはそうだな、平が入院して人質状態になったわけだが、滑川が何かをするとしたら明日だということはわかっていた。だから俺は今晩仕掛けることにして、八木橋に『消灯後の図書室に忍び込んで隠れる』と偽情報を流した。手下がそっちに向かった隙を叩こうと思ってたんだが、まさか滑川が現場主義で平と鉢合わせするとはな。イレギュラーはあったが、平に協力をしてもらったおかげで、無事に滑川を仕留めることができた。以上だ」

説明を聞き、顔を拭う。食堂で語られた森巣の計画は嘘だったし、僕が見た森巣を尾行する残党のように見えた男も、ただタイミング良く食堂を出た客だったのか。

「……続けて」

「全部話したぞ。これ以上、何を知りたいんだ」

「全部じゃないだろ」

一番聞きたかったことを森巣はまだ話していない。

「どうして僕が襲われて、罠《わな》だとわかってるのに、この病院に来たんだ?」

森巣は澄ました顔のまま何かを言おうと口を開きかけたが、すぐに閉じた。俯いたり視線を彷徨わせたり、頬や口元に手をやったりしながら、言葉を探している。ポケットの中に偶然あるような言葉じゃなく、君の本心を僕に聞かせてもらいたい。

しばらくしてから、森巣は顔を上げ、苦しそうに声を発した。

「正直に言おう。俺は今まで一人で戦ってきた。だから、周りに被害が及ぶということを考えてこなかったんだ。それに、もし何かあっても、動じないと思っていた」

「それで?」

「平が襲われたという情報を知った時……動揺したんだ。巻き込んだことへの罪悪感、滑川に対する怒り、あとは」

言葉が途切れ、ゆっくりと時間をかけて、森巣は表情を引き締めて僕を見た。

「お前がいなくなったらつまらなくなると思った」

それは、僕も同じ気持ちだった。危険な目にも遭うが、君がいないと寂しいし、とてもつまらない。

いつも堂々としている森巣が、そわそわと僕の様子を窺っている。僕とは違って大人びているとかそんなことを思っていたが、そこにいたのは、年相応に人との距離感に悩む同級生の姿だった。そういう姿を見せてくれたことが、僕にはなんだか嬉しかった。

「お前は目が良いし、さっき折れてる腕を使ってまで知らせてくれたのは、勇敢だった。

俺はこれからも、お前と組んでいきたいと思っている」

森巣が逸脱行為をしている時、本気で止めなかったし、加担したこともある。滑川と関わってしまう結果を生んだのは、森巣に全て責任があるわけではない。僕らはもう共犯関係なんだ。

「なるほど、わかったよ。助けてくれてありがとう」

森巣が短く「そうか」と言って、素知らぬ顔をしてそっぽを向いた。

「ところで、滑川は？」

「あいつなら、そこに転がってる」

森巣が顎をしゃくったので釣られて右を向くと、そこには窓枠のパイプにベルトで繋がれている滑川がいた。

13

拘束された滑川は動かないが、じっと目を凝らして見ると、わずかに胸が上下しており、呼吸しているのがわかって、ほっとする。

「よかった、生きてる」

「ああ、だがすぐに死ぬ」

森巣を見る。彼は滑川を、まるで静物を見るような目でじっと眺めていた。

「どういうこと？」

「食堂で話していた女医がいただろ？　あいつを呼ぶ」

森巣をナンパしていた人、ではないよな、とうっすら思っていたけど、何者なのか見当がつかない。「あの人が、何をするわけ？」

「あいつが清掃カートを持って来て、滑川を詰めて他所の病院に運ぶ」

「どうして」

「前に話しただろ？　時間をかけてやってくれる専門業者がいるって」

なんの話だ、と思い返していたら、昨日食堂で森巣が物騒な話をしていたな、と記憶が蘇った。

「転院先の病院では、腕の良い麻酔科医と外科医がいてな、手術中に術中覚醒をさせるらしい。自分の体が切られ、バラされていくのを、滑川はゆっくり味わうことになる」

恐ろしい言葉が森巣の口から軽やかに飛び出てくるので、冗談かと思った。

が、少年が話していた病院の怖い話を思い出す。悪い患者が夜中に清掃カートで運ばれていく、というあれだ。眉唾《まゆつば》話だと思っていたことが、化け物じみた実態を浮かび上がらせ、目の前に立ち塞がる。その残酷さに慄き、啞然としてしまう。

「そんなこと、できるわけがない」

「ああ、だから大金を払った」

「大金って……この前の、弾き語りの百万とか?」

「あれだけじゃ頭金にもならないくらいだ」

森巣がそう言って頬を緩める。それは、とても邪悪な笑い方だった。

「森巣、駄目だ、それは」

自分の中から、声を絞り出す。

「駄目だよ、それは」

「平はきっと反対すると思っていた。だから、黙ってたんだ」

森巣が、物分かりが悪いな、と言わんばかりにむっとする。

「わかっているなら、説明する必要はないよな。人殺しは駄目だ」

「どうしてだ。こいつは、いなくなったほうがいいクズだ。この手帳をお前も読んでみるといい。こいつのビジネスとやらが、細かく書かれているぞ。腐り切ってる。強盗、強《ごう》姦《かん》、殺し、たくさんの命がこいつの餌食《えじき》になってるってことが、平にもわかるはずだ」

そう言って、森巣が手帳を僕のほうに放る。

「それに何より、あいつはお前を傷つけた。俺にはそれが許せない」

森巣が殺気を放ちながら、滑川を睨《ね》め付《つ》けた。

僕のことを大事に思ってくれているということが伝わり、その所為で胸が詰まる。痛みを感じ、許してしまいそうになる気持ちを追い払うように首を振る。

「滑川がどうしようもないクズだってのはわかる。だけど、僕にとって重要なのはそこじゃない。君が人殺しに加担するのは駄目だって話してるんだ」

「どうしてだ」

「僕が嫌だからだ！」

わからないのか？　と話を続ける。

「人を殺してはいけない理由を、君に上手く説明する自信はないよ。森巣は僕よりも頭が良いから、きっと僕のことを言い負かすだろう。でも、違うんだ。理屈じゃないんだよ。僕は、君が人殺しになったら、やりきれなくて、どうしようもなく悲しいんだ」

「感情論かよ」

森巣が鹿爪《しかつめ》らしい顔をし、僕から視線を逸らした。認めてもらえない、わかってもらえない、心が掻き乱されているのは、僕も同じだ。

「警察に通報して、ここを出るんだ。ルールの外にいるつもりだった自分が、司法で裁かれるのは、きっと滑川には屈辱だと思うよ」

「俺に見逃せって言うのか？」

「これから君は気にくわない奴を殺して回るつもりなのか？　もしそうなら手は貸せないぞ」

僕らは違う。でも、歩み寄ることはできるはずだ。

「君は今日のことも、一人で進めようとしたね。なんで前もって相談しなかったんだ」

「お前は、弾き語りの件で怒っていただろ。感情的に反対されたら計画が上手く運ばないと思ったからだ。実際、そうなったと思うだろ？」

「僕は怒っていたよ。君が黙って僕を利用したからね。じゃあ、どうして謝ってくれなかったんだ？」

「謝ったら、どうなったっていうんだ」

「許したさ！」

森巣が虚をつかれたような顔をした。説明を重ねる。

「君が謝ってくれたら、僕は許した。だから話し合うつもりでいたよ。僕らは他人で、理解し合えないかもしれない。それでも、できることはあるんだ。君が何を大事にしていて、何を感じているのか、僕もちゃんと考えるよ。二人でやっていくなら、君も僕のことを考えてくれ。考えることをやめないでくれ」

森巣はきっと、仲直りをしたことがないのだろう。僕は家族や友達に恵まれたから、人を許せるし歩み寄れる。こう考えられるのは僕が運や縁に恵まれていたからだと思う。

同情はするけど、これから先は彼次第だ。

「それでも、僕のことをただの目だと思うなら、僕らは本当に終わりだ」

そう告げた瞬間、森巣の顔が凍りついた、ように見えた。

が、すぐに険しい表情になったので、見間違いかもしれない。

森巣が何か言うのを待ってみるが、ずっと押し黙ったまま固まってる。闇のような真っ黒い二つの瞳が僕をじっと見ている。

滑川と森巣は、それぞれがルールを無視して自分の欲望を満足させるために生きている。一般的に、それはきっと悪と呼ばれるものなのだろう。

だけど僕は、森巣の中には自分と似た正義もある、そう感じていた。

できれば、同じ道をまだ一緒に歩んでいきたいと願っている。

「展望室で頭を冷やすよ。僕は、人殺しには付き合いきれないけど——」

ふらつきながらも椅子から身を起こし、出口へ向かう。

「君が、あくまでも探偵なら、来てくれ」

そう告げて図書室を後にし、廊下に出て、エレベーターに乗った。

ぐんぐんと上がるエレベーターは、このまま僕を遠くの世界まで運んでいくようだった。

ピポーン、と電子音が鳴り、エレベーターの扉が開く。

展望室、と言う呼び方は大仰な感じがする小さな空間に到着する。

ガラス張りの壁からは、横浜の夜景が見える。学校はどのあたりだろうか。犬を探したのはどのあたりだろうか。強盗ヤギと遭遇したカフェはどのあたりだろうかと探す。ゾンビ大学生が来た桜木町は、ランドマークタワーのおかげですぐにわかった。大切な思い出の地が見渡せて、なんだか天国に来たようだ。

しばらくの間ぼうっと窓の外を眺めてから、呼吸を整え、過去に背を向け、今を見る。意を決して、エレベーターを見つめる。

僕はいつまでだって待つぞ。

森巣が来たら、何て言ってやろうか。

ありがとう？　信じてたぞ？　五円玉を返せ？

そんなことを考えていたら、頭の中で伏せられていたカードがあることに気がついた。

森巣は、どうして滑川が絶対に明日仕掛けると思っていたのだろうか？

何か考える材料はないかと目を閉じ、思い返す。

すると、頭の中で風が吹き抜けた。

森巣は食堂で「七月七日か？」と露骨に顔をしかめていた。「毎年必ず思い出す」とも言っていた。なんでもない日をそんなに気にするだろうか？

静海の誕生日パーティに「信じられない風習だ」と頬を引きつらせていた。

七月はケーキを絶対に食べない、と食堂で断言していた。

ふわりと、伏せられていたカードが捲れる。

明日が、森巣の誕生日なんじゃないのか？

酷い家庭で育ったと話していたから、あの様子だと誕生日に良い思い出がないのかもしれない。それに、もし滑川が僕を殺せば、自分の誕生日にそのことを思い出してしまうだろう。

腹の底で、くすぐったさのようなものを覚えた。

森巣良とは何者なのか？

正直なところ、全然わからない。

良い奴なのか、悪い奴なのかも判然としない。でも、それでいいと思っている。

「誕生日おめでとう」そう言ってやろう。

目を開けてエレベーターを見ると、階数を示すライトが上昇してきていた。

カウントしながら、祈り続ける。

鼓動が速くなり、息ができない。

ゆっくりとライトが明滅を繰り返す。

爪が食い込んで痛くなるほど、両手を握りしめる。

ピポーン、と到着を知らせる音が鳴り、扉が開いた。

【参考文献】
『実録・闇サイト事件簿』渋井哲也　幻冬舎新書
『改訂新版　暗号の数理　作り方と解読の原理』一松信　講談社ブルーバックス
『図解ハンドウェポン（F-Files No.003）』大波篤司　新紀元社
『YouTubeで食べていく「動画投稿」という生き方』愛場大介　光文社新書
『YouTube　成功の実践法則53』木村博史　ソーテック社
TED「斬首動画が何百万回も再生されてしまう理由」フランシス・ラーソン
(https://www.ted.com/talks/frances_larson_why_public_beheadings_get_millions_of_views?language=ja)
『モラルの起源　実験社会科学からの問い』亀田達也　岩波新書
『ココロピルブック　抗精神病薬・抗うつ薬・抗不安薬・睡眠薬・気分安定薬データベース』相田くひを　社会評論社
『睡眠薬　快適睡眠のための安全で効果的な飲み方』田中正敏　保健同人社
『暗号解読　上・下』サイモン・シン・著　青木薫・訳　新潮文庫

以上のものや、横浜の各地への取材をもとに執筆しましたが、フィクションとして嘘も混ぜ込んでおりますので、どうかそのようにご理解いただけますと幸いです。

この作品は書き下ろしです。

〈著者紹介〉

如月新一（きさらぎ・しんいち）

ジャンプ小説新人賞2018テーマ部門「ミステリ」金賞受賞、SKYHIGH文庫賞、文春文庫×エブリスタ　バディ小説大賞 第2回「ロケーション」の入賞、新潮文庫 新世代ミステリー賞の佳作、角川Twitter小説の優秀賞など数々の賞に輝き、2018年『放課後の帰宅部探偵 学校のジンクスと六色の謎』（SKYHIGH文庫）で書籍デビューした期待の新鋭。

あくまでも探偵《たんてい》は

2021年1月15日　第1刷発行　　定価はカバーに表示してあります

著者……………………如月新一《きさらぎしんいち》

発行者……………………渡瀬昌彦

発行所……………………株式会社 講談社

〒112-8001 東京都文京区音羽2-12-21

編集03-5395-3510

販売03-5395-5817

業務03-5395-3615

本文データ制作…………講談社デジタル製作

印刷……………………豊国印刷株式会社

製本……………………株式会社国宝社

カバー印刷……………株式会社新藤慶昌堂

装丁フォーマット………ムシカゴグラフィクス

本文フォーマット………next door design

ISBN978-4-06-522160-0　N.D.C.913　328p　15cm

講談社タイガ

怪盗フェレスシリーズ

北山猛邦

先生、大事なものが盗まれました

イラスト
uki

愛や勇気など、形のないものまで盗む伝説の怪盗・フェレス。その怪盗が、凪島《なぎのしま》のアートギャラリーに犯行後カードを残した！灯台守《とうだいもり》高校に入学した雪子《ゆきこ》は、探偵高校と怪盗高校の幼馴染みとともに調査に乗り出す。だが盗まれたものは見つからず、事件の背後に暗躍する教師の影が。「誰が《Who?》？」ではなく「どうやって《How?》？」でもなく「何が《What?》盗まれたのか？」を描く、傑作本格ミステリ誕生！

講談社タイガ

瀬川コウ

今夜、君に殺されたとしても

イラスト
wataboku

ついに四人目が殺された。連続殺人の現場には謎の紐《ひも》と鏡《かがみ》。逃亡中の容疑者は、女子高生・乙黒《おとぐろ》アザミ。僕の双子の妹だ。僕は匿《かくま》っているアザミがなにより大切で、怖い。常識では測れない彼女を理解するため、僕は他の異常犯罪を調べ始める。だが、保健室の変人犯罪学者もお手上げの、安全な吸血事件の真相は予想もしないもので——。「ねぇ本当に殺したの」僕はまだ訊けずにいる。

講談社タイガ

瀬川コウ

今夜、君を壊したとしても

イラスト
wataboku

「生き残れるのは一人だけ、残りは全員殺します」同級生の津々《つつ》寺《じ》は銃を片手に、いつもの笑顔で言った。教室を占拠した目的は「友達を作るため」意味不明だ。死を目前にクラスメイトが涙に暮れるなか僕は心に決めた——彼女と過ごした〝あの日〟から真意を推理してみせる。その頃、妹のアザミは僕を助けるために学校へと向かっていた。これは殺人鬼と僕が分かりあうための物語。

講談社
タイガ

バビロンシリーズ

野崎まど

バビロン　I
—女—

イラスト
ざいん

東京地検特捜部検事・正崎善《せいざきぜん》は、製薬会社と大学が関与した臨床研究不正事件を追っていた。その捜査の中で正崎は、麻酔科医・因幡信《いなばしん》が記した一枚の書面を発見する。そこに残されていたのは、毛や皮膚混じりの異様な血痕と、紙を埋め尽くした無数の文字、アルファベットの「F」だった。正崎は事件の謎を追ううちに、大型選挙の裏に潜む陰謀と、それを操る人物の存在に気がつき!?

講談社タイガ

バビロンシリーズ

野崎まど

バビロン　II
—死—

イラスト
ざいん

64人の同時飛び降り自殺——が、超都市圏構想〝新域〟の長・齋開化《いつきかいか》による、自死の権利を認める「自殺法」宣言直後に発生！　暴走する齋の行方を追い、東京地検特捜部検事・正崎善《せいざきぜん》を筆頭に、法務省・検察庁・警視庁をまたいだ、機密捜査班が組織される。人々に拡散し始める死への誘惑。鍵を握る〝最悪の女〟曲世愛《まがせあい》がもたらす、さらなる絶望。自殺は罪か、それとも赦《ゆる》しなのか——。

講談社タイガ

《最新刊》

あくまでも探偵は　如月新一

この優等生、危険——！　平凡な高校生の僕と頭脳明晰、眉目秀麗な優等生の森巣良。クールでPOPな高校生バディ、令和の青春ミステリが堂々誕生！

吾輩は歌って踊れる猫である　芹沢政信

「呪われてしまったの」幼馴染はにゃあと鳴いた。ヘタレなぼくと歌姫な君の青春×妖怪ストーリーは——夜深き墓地の猫踊りから始まる！